B's-LOG BUNKO

悠久の恋桜咲く！

～新米《しんまい》修祓《しゆばつ》師《し》退魔《たいま》録《ろく》～

小 柴 叶

Kanau Koshiba

B's-LOG文庫

目次

悠久の恋桜咲く!
登場人物紹介
恵那《えな》
荒御霊を浄化する専門職・修祓師を目指して修行中。愛用の退魔具は大太刀"雪桜"。
扶人《ふひと》
祥泉堂に住みついた"国守りの神"。本性は巨大な白龍。恵那を下僕指名する。
東條千咲《とうじょうちざき》
恵那の前世であり、生前は扶人と相思の仲だった修祓師。

逢《おう》見《み》伊《い》之《の》助《すけ》
祥泉堂の実技担当教師で、恵那が憧れていた人。愛猫カンナといつも一緒。
カンナ
俊《しゅん》太《た》郎《ろう》
恵那の元学友。現在は祥泉堂を去り、都で将軍の座についている。
夏《なつ》葉《は》
修祓師見習い。暗器使いで絡繰マニア。暗殺団に属した過去を持つ。
悠《ゆう》灘《なだ》
扶人を病的に慕う女神。
百《ひゃく》面《めん》鬼《き》
襲った者の容貌を盗み変幻する荒御霊。
浅《あさ》縹《はなだ》綾《あや》
祥泉堂の座学担当教師。過去の事故が原因で、両足の自由と表情を失った。
篤《あつ》巳《み》神《がみ》
十三神の頂点に立つ総社の御神体。本性は銀狼。

イラスト／石川沙絵

悠久の恋桜咲く!
新米《しんまい》修祓師《しゅばつし》退魔録《たいまろく》

序章

死して尚、愛おしい人

生まれて初めての恋は、国一番の神様に捧《ささ》げた。

今も耳に残る、甘く低い声。柔らかそうな白髪《はくはつ》が、闇の中で光り輝いて見えた。

この世に生きる誰もが、憎むべき敵だと思っていたのに――突然現れた彼だけは、憎悪《ぞうお》の海に沈もうとする自分へ、救いの手を差し伸べてくれた。

神様だというのに、愛想《あいそ》が悪くて素《そ》っ気《け》ない。

それでも、彼の言葉はどんな甘言《かんげん》よりも甘く、乾き切った心を潤《うるお》してくれた。

彼と出会い、空虚《くうきょ》だった心が燃え上がるような熱に満たされた。この狂おしいまでの想いに、己《おのれ》のすべてが焼き尽くされるかと思うほど、彼のことが愛《いと》おしくて堪《たま》らない。

人を愛する喜びを教えてくれたのが、この人で良かった。

命の炎が燃え尽きる瞬間まで感じていた、男らしい大きな手の温《ぬく》もり――。

その温かさだけは、死して尚《なお》も忘れることはないだろう。

第一章　揺らぐ想い

曙《あけぼの》に染《そ》まる東の空へ、陽光が顔を出す頃。

祥泉堂《しょうせんどう》の庫裡《くり》では、朝餉《あさげ》の支度《したく》が進められていた。

「えーっと、お浸《ひた》しはさっと茹《ゆ》でる。そんでもって、あらかじめ作っておいたつけ汁に浸す……っと」

前掛け姿の恵那《えな》は、独《ひと》り言を呟きながら竈《かまど》と流しを忙《せわ》しなく行き来している。

鮮《あざ》やかな緑色に茹で上がった青菜《あおな》を、つけ汁で冷やして味を染み込ませる。その間に、昨日裏山で採ったキノコを、出汁《だし》を取った沸騰《ふっとう》する湯の中へ落とした。

「私も大分、手慣れてきたじゃない。これまで散々失敗ばかりしてきたのは、こなす回数が少なかったせいね」

調理当番も板につき、恵那はふふんと得意げに笑《え》む。

最初の頃は、どこに何があるのか分からなかった棚。今では収納品の場所を、完璧《かんぺき》に把握するまでに至った。あれだけ不評だった手料理も、最近では「美味《おい》しい」と褒《ほ》められることがある。

「苦手だった家事が、これだけ上達したんだもの。この調子でいけば、嫁《よめ》の貰《もら》い手には困らずに済みそうね」

「何が嫁の貰い手だ。寝言は寝て言え」

自己満足して一息ついていると、棘々《とげとげ》しい嫌味が飛んできた。

振り返ると、まな板の前に立つ扶人《ふひと》と目が合う。焼き上がったばかりの卵焼きを、一口大に切っていた彼は、不機嫌そうに鼻を鳴らす。

「害のない物が作れるようになったからと言って、調子に乗るでない。今でも、十日に一度は人知を超えたげてもの料理を、平然と膳《ぜん》に載《の》せておるだろうが」

「だ、だって、毎日似たようなおかずだと飽きちゃうじゃない。だから、新作の研究をしてるのよ。いわば、向上心のあらわれってヤツね」

「崇高《すうこう》な物言いをしたところで、お前が行っておるのは立派な殺人未遂だ。朝っぱらから吐き気を催《もよお》すくらいなら、三食同じものを食らった方が余程《よほど》マシだ」

歯に衣着《きぬき》せぬ物言いに、恵那のこめかみにビシッと青筋《あおすじ》が浮かぶ。——が、怒り任せに食ってかかりはしなかった。

料理関連の口論で、扶人に勝てた試しはない。

言い返したところで、どうせ揚《あ》げ足を取られるのがオチだ。

「反論がないということは、己《おの》が罪を認めたのだな？」

「……黙秘権《もくひけん》を行使します」

ムスッと押し黙った恵那は、ぐつぐつと煮え立つ鍋の前に立った。

人を小馬鹿にしたような扶人の笑いを無視して、味噌《みそ》の入った瓶《かめ》を開ける。キノコに火が通ったのを確認した恵那は、杓子《しゃくし》で掬《すく》った味噌をゆっくり溶かしてゆく。

「大体、どこのどいつがお前のようなじゃじゃ馬を嫁に貰う？」

痛烈な追い打ちに、鍋を掻《か》き混ぜる恵那の手がピタリと止まる。

逆に、普段は滅多に開かれない扶人の口は、いっそ清々《すがすが》しいほど滑《なめ》らかに動く。

「荒御霊《あらみたま》が現れれば、いの一番に飛び出して行くせいで生傷《なまきず》が絶えぬ。男勝《おとこまさ》りな激しい気性に、度を越した怪力まで加われば、嫁の貰い手などあると思うか？」

「何よ、その言いぐさは！　私が戦うのはあんたを守るためで――……むぐっ⁉」

堪忍袋《かんにんぶくろ》の緒が弾け飛び、抗議の声を上げた瞬間、口の中に何かが放り込まれる。思わず噛《か》み締《し》めると、品の良い卵の甘さが口内に広がった。その美味しさに不覚にも感動する。

黙って卵焼きを咀嚼《そしゃく》する恵那に、扶人はどこか満足そうに微笑《ほほえ》む。

「たとえ、お前を嫁に欲する酔狂《すいきょう》な男が現れたとしても、主である我が許すと思うか？」

逞《たくま》しい腕が、するりと腰へ伸ばされた。

グイッと身体《からだ》を引き寄せられ、抗《あらが》う間もなく胸に抱き込まれる。戸惑いがちに顔を上げると、眩暈《めまい》がするほど麗《うるわ》しい扶人の顔が、鼻先が触れるほど間近で広がった。

「お前は大人しく、我だけを見ておれば良い」

腰に響くような低音に、恵那はごくりと卵焼きを嚥下《えんげ》する。

扶人の漆黒《しっこく》の双眸《そうぼう》には、間抜《まぬ》け面《づら》をした自分が映っている。きっと、自分の瞳には彼の美顔が映っているはずだ。

「我は一生、お前を手放したりはせぬ。どうしても他の男の元へ行きたくば、我を殺して行くことだな」

「ちょっ⁉　性質《たち》の悪い冗談はやめてよね！」

「我は生憎《あいにく》と冗談が好かん。永《なが》き時を経て、ようやく手に入れた下僕《げぼく》なのだ。目の前で、鳶《とび》に油揚《あぶらあ》げをさらわれるくらいならば、国もろとも滅びてやろう」

これまた、神様らしさの欠片《かけら》もない台詞《せりふ》だ。

単なる脅《おど》し文句ならまだしも、本気の目に肝《きも》が冷える。

「国と私なんて、比べる対象が違うでしょう？　国が沈めば大勢の人たちが苦しむわ。あなたは那国の守護神なんだから、国の繁栄を願わなきゃ駄目じゃない」

恵那は妙な居心地《いごこち》の悪さに、扶人の腕の中から逃《のが》れようともがいた。しかし、背に回された腕に力が込められ、より一層身体の密着度が増す。

扶人の胸元に顔が埋《う》まり、濃密な桜の香りに軽い眩暈を覚える。トクンと胸が高鳴り――不意に、月夜の情景が脳裏《のうり》を過《よぎ》った。

初夏の夜、初めての口づけはやさぐれ神様に奪《うば》われた。

あの日を境に、扶人と触れ合うことが増えたような気がする。子供のようなじゃれ合いから、壊れ物のように扱われたり――不意打ちで仕掛けてくるものだから、心臓に悪い。

「顔も知らん大多数の人間よりも、我が欲しておるのはただ一人……」

顎《あご》に手が添《そ》えられ、顔を上向《うわむ》かされる。

刹那《せつな》、唇を掠《かす》めるように口づけが落とされた。

「お前の命は国よりも重い。国の繁栄を願いたくば、己が命を大切にすることだな」

「な、ななな……っ!!」

触れるだけの接吻《せっぷん》に、顔に熱が集まりだす。

茹でダコのようになった下僕を見下ろし、扶人はペロリと唇を舐《な》める。官能的なその仕草に、恵那は顔面が破裂《はれつ》したかと思った。

「破廉恥《はれんち》！　助平《すけべ》！　変態ッ！」

思いつく限りの雑言《ぞうごん》を吐き散らした恵那は、渾身《こんしん》の力で扶人の胸板を押し返そうとする。

突き飛ばされる前に恵那を解放した扶人は、当て付けがましく笑う。

「口元に卵の欠片が付いておったぞ。お前が恥をかかぬよう、親切心から取ってやったというのに、我が責められるのはお門違《かどちが》いだ」

「だったら、普通に教えてくれたら良かったでしょう⁉　あーもうっ、信じらんないッ！」

赤くなった顔を両手で覆い、恵那はその場で意味なく地団駄《じだんだ》を踏む。

低く唸《うな》りながら悶絶《もんぜつ》する恵那に、扶人はしれっと言い放つ。

「味見のついでだ、他意はない。それよりも、今食した卵焼きの味を忘れるでないぞ？　国守りの神たる我が、実演してまで料理を指南してやっているのだ。――余分な味付けをしたら、分かっておろうな？」

扶人の切れ長の目が、獲物を狙う猛禽《もうきん》のように眇《すが》められる。

その様を、指の隙間《すきま》から目《ま》の当たりにした恵那は、身の危険を感じて総毛立《そうけだ》つ。

「食べた後にあんなことされたら、味なんて覚えられるワケないでしょう⁉」

裏返った声で異議を唱えると、扶人の口端《こうたん》がニヤリと吊り上がる。

しまった、嵌《は》められた。空気で察すると同時に後悔するが、一度口から出た言葉の回収は不可能だ。

「あんな事とは、具体的にどのような事だ？」

「……っ！」

しなやかな指の腹で、唇をそろりと撫《な》でられる。形を確かめるような動きに、ぞくりと背筋が震えた。

再び恵那と距離を詰めた扶人は、涼やかな目元で笑む。

「あんな事とは、こんな事か？」

あっと思った時にはもう遅く、二度目の口づけが奪われた。

「〜〜〜〜っ、朝っぱらから何すんのよ!!」

「一度や二度の接吻で、そう目くじらを立てるな。お前の〝初めて〟の相手は我だろう？　ならば、今更回数が増えたところで然《さ》して問題はあるまい」

「大問題よ、この大馬鹿者ぉ！　あんたに倫理感《りんりかん》ってものはないわけ!?」

——今度こそ、突き飛ばしてやる！

意気込んで両腕を前に突き出すが、またもヒラリとかわされた。

遣《や》り場のない憤《いきどお》りに、拳《こぶし》がぶるぶると震えて止まらない。恵那は屈辱から真っ赤に染まった顔で、扶人の澄まし顔をキッと睨《ね》めつける。

「少し顔がいいからって、何をしても許されるわけじゃないのよ!?　軽い気持ちで女の人にこんなことしたら、大変なことになるんだから！　この、女泣かせッ!!」

いまだ扶人の熱を残した唇で、声高《こわだか》に詰《なじ》る。

思いの丈《たけ》をぶちまけ、恵那は肩で荒い呼吸を繰り返す。そんな彼女に、扶人は不愉快そうに柳眉《りゅうび》を顰《しか》めた。

「今の言葉、聞き捨てならんな」

「なによ、図星を指されて怒ったの？」

戯《たわむ》れに吹く風のように、唇を奪う扶人には分からないだろう。口づけを交わす度に、恵那の鼓動が熱く激しく脈打つことを——。

扶人は神として、悠久《ゆうきゅう》に等《ひと》しい時を生きてきたのだ。

こんな触れるだけの接吻など、彼からしてみれば子供の遊びかもしれない。

(でも、私にとっては違うんだから)

全部、命と同じくらい大切な〝初めて〟だ。

口づけだけではない。父親以外の男性に力一杯抱き締められたのも、布団を並べて眠ったのだって、扶人が初めてだった。

(扶人の〝初めて〟は、何一つ私じゃないのに……こんなのって、ずるいわ)

溶けて一つになるような熱い抱擁《ほうよう》や、深くてとろけるような口づけ。その先に待つ、恵那の知らぬ秘《ひ》めやかな愛の儀式とて、扶人は既に、誰かと交わしてしまったかもしれない。

——私は、命を削《けず》るように唇を重ねているのに。

針で突かれたように、胸の奥がズキリと痛む。

「もういいわ。下らないこと話してたら、折角《せっかく》のご飯が冷めちゃう」

扶人に背を向けた恵那は、味噌汁を椀《わん》によそおうとした。

刹那、手首を物凄《ものすご》い力で掴《つか》まれ、無理やり身体を反転させられる。

「下らぬことではない」

驚きに瞠《みは》った瞳は、扶人の射るような視線とぶつかった。

苛立ちと切なさを含んだ低い声音に、胸中が俄《にわ》かにざわめく。鋭い眼差《まなざ》しの中に宿る熱い光から、目が逸《そ》らせなくなり、呼吸すら忘れた。

棒立ちになった恵那の頬に、男らしい手が添えられる。

「我の想いを、何故《なにゆえ》お前が決めつける」

刃のごとく冴えた眼光に反して、輪郭《りんかく》をなぞる手のひらは優しい。

「もし我が、軽はずみな戯れでお前に触れていたとしたら——今頃お前は、どうなっていただろうな」

「ど、どういうこと？」

急速に渇《かわ》きを訴える喉《のど》から、言葉を絞り出す。

鋭利な瞳に浮かぶ熱が増し、扶人は〝男〟の顔でふっと笑む。

「この想いが、もっと浮わついたものなら楽だった。湧《わ》き起こる衝動《しょうどう》に身を任せ、お前のすべてを奪い、食らい尽くしてしまえたら……少しは、この胸も軽くなるのだろうか」

「——扶人？」

「お前は、無防備すぎていかん」

困惑した様子で恵那が顔を見上げると、扶人は時期を見計らったように、彼女の腰を力強く引き寄せた。

本日三度目の口づけは、ほんの少しだけ長かった。

「今はまだ、口づけで我慢してやっておるのだ。少しは我の苦悩を察しろ」

唇が離れると、扶人は素っ気《そけ》なく踵《きびす》を返す。

長い白髪《はくはつ》を悠然と靡《なび》かせ、彼は裏口から外に出て行った。頬を紅潮させて放心する恵那は、その背中を無言で見送ってしまう。

（今の、何だったの……？）

無意識に唇を指の腹で撫ぜると、急に足から力が抜けた。

カクンとその場にしゃがみ込んだ恵那は、火が点《つ》いたように熱い顔を膝《ひざ》に埋《うず》め、両手で髪を掻き乱す。

軽はずみでも、浮わついた気持ちでもない。

扶人はずっと、確たる想いを持って行動していた。

「そんなの、困るわ」

前掛けをくしゃりと握り締め、消え入りそうな声で呟く。

自分たちの関係は、主と下僕。

けれど、ただの主従が口づけなど交わすだろうか――？

（何が、『我の苦悩を察しろ』よ。私が〝悩みの種〟みたいな言い方してたけど、自分だってちゃっかり、悩みの種になってるじゃないの）

他者の心情を想像することほど、難しいことはない。相手が扶人では、それは更に困難なことになる。

彼のことを考えるだけで心が波立ち、一向に思考がまとまらないのだ。

(私と、扶人の関係……か)

扶人の消えた裏口から、風に乗って落ち葉が舞い込む。彼の腕に抱かれていた時は、身体が燃えるように火照《ほて》っていたのに、独りぼっちになると暮秋《ぼしゅう》の寒さが身に沁《し》みた。

初めての口づけを交わしてから、少しは空の雲に近づけたかと思ったのに――。

刻々と形を変える浮雲には、まだ手は届きそうになかった。

生徒が朝の当番を終えると、祥泉堂の本堂では和《なご》やかな朝食が始まる。

(扶人って、本当に何を考えてるのかしら?)

朝食の準備中。意味深《いみしん》な言葉を残して去ったかと思えば、今や何事もなかったかのように、平然と白飯《しろめし》を口に運んでいる。

先ほどから表情を盗み見ているが――自分の食事が疎《おろそ》かになるだけで、その鉄面皮《てつめんぴ》からは、些細《ささい》な動揺も窺《うかが》い知ることはできない。

（やっぱり、ドキドキしてるのは私だけなんだ……）

隣に座る扶人を意識する恵那は、彼の変わり身の早さを妬《ねた》ましく思った。

朝っぱらから、三度も口づけを交わしたのだ。高鳴る鼓動を治めるのにも、かなりの時間を費やした。その落ち着いた鼓動も、隣に扶人がいるだけで隙あらば早くなろうとする。

それなのに、動悸《どうき》の原因がけろっとしているのだ。

悔《くや》しさが大半を占める中、ほんのちょっぴり寂《さび》しく思う。

「今日の味噌汁は美味《うま》いな。腕を上げたではないか、恵那」

恵那と扶人の間に流れる微妙な空気を察してか、綾《あや》が味噌汁の出来を褒める。

彼女の話題に乗っかるように、夏葉《なつは》も能天気な笑顔で同意した。

「やっぱ、キノコは秋が旬《しゅん》だよねぇ。色んな種類があるでしょ？　食べ方だって沢山《たくさん》あるから、飽きがこなくて最高だよ。午後の授業が終わったら、裏山の仕掛けを見てくるついでに採ってくるから、今夜はパァーッとキノコ鍋にしない？」

「うむ、朝晩の冷え込みが厳しくなってきたからな。鍋物を食せば身体の芯《しん》から温《あたた》まり、良い夢も見られそうだ」

「みんなでお鍋を囲むのも、一家団欒《だんらん》みたいで楽しいもんね」

にこやかに笑った夏葉は、お櫃《ひつ》に手を伸ばす。

最近の夏葉はよく食べる。本人は「成長期だからだよ」と言っているが、恵那は彼が隠れて鍛練《たんれん》を積んでいることを知っていた。

運動量が増えれば、その分腹が減るのは当然だ。

学友の俊太郎《しゅんたろう》が新将軍として祥泉堂を去ってから、夏葉は本腰を入れて修業に励《はげ》んでいる。

将軍家のお家騒動に巻き込まれ、その渦中で過去との因縁《いんねん》を断ち切り、己《おのれ》の歩むべき道を見出したのだろう。

だからだろうか。今の夏葉は、以前にも増して笑顔が輝いて見える。

「残念ですが、お鍋はまた今度にしていただけませんか？」

ようやく和んだ食卓の空気を破ったのは、そんな伊之助《いのすけ》の一言だった。

当然、夏葉は頰を膨《ふく》らませて猛然と抗議《こうぎ》する。

「えーっ！　何で、どうして？　みんなでお鍋突っつこうよぉ〜！」

「すみません、夏葉君。実は今、実技の採点で由々《ゆゆ》しき事態が発生しているのですよ」

「……由々しき事態だと？」

表情は動かないが、綾の纏《まと》う雰囲気《ふんいき》が硬化した。

「それは初耳だな。いったい何があった？」

「それが、恵那さんの実戦試験を失念しておりまして……」

思わぬ所で自分の名前が話題に上り、お茶を啜《すす》っていた恵那は危うくむせかけた。

実戦試験とは、年に数度行われる実技の個人試験だ。担当講師の監視の下《もと》、用意された任務を完遂《かんすい》するという内容で、恵那は今まで受けたことがなかった。扶人と出会うまで、己の退魔《たいま》具《ぐ》を持っていなかったからだ。

「退魔具を所持したからには、恵那さんにも今年から、試験を受けてもらわなければなりません。そこで、突然で申し訳ないのですが、本日中に第一回目の試験を行いたいと思います」

「本日中とは、あまりに性急ではないか？　恵那にも心の準備が必要だろう」

「その点が、由々しき事態なのですよ」

正式な修祓師《しゅばつし》の証《あかし》である白羽織《しろばおり》の袂《たもと》から、伊之助は一通の文《ふみ》を取り出した。

「先ほど、試験用の任務が鷹文《たかぶみ》で届いたのですが――これは、録事《ろくじ》の手違いでしょうね。着任の日時が、本日付になっているのです」

「なんだと？」

差し出された文を広げ、綾は硝子玉《ガラスだま》のような瞳を僅《わず》かに細めた。

修祓師の受ける任務には、着任の日付が必ず明記されている。一日でも着任が遅れた場合、任務規定違反として厳罰《げんばつ》が下るため、修祓師にとっては絶対厳守事項だ。

通常任務であれば、二～三日の準備期間が与えられる。

即日着任が迫られる任務は、急を要する内容のはずだが――見習いの試験で、そこまで難しい課題は出されない。

「神社の仕事も雑《ざつ》になったものだな。正規の修祓師ならいざ知らず、これは生徒が受ける任務だ。事を急《せ》いて、万が一のことがあったらどうする」

「綾先生のおっしゃる通りです。しかし、一度下された任務を遂行《すいこう》しなければ、試験は失格にせざるを得ません」

「……ならば、今回は致し方あるまい」

ため息交じりに文を畳《たた》んだ綾は、向かいの席の恵那へ視線を遣る。

「恵那、話は聞いていたな」

「は、はい。私の実戦試験のことですよね？」

「うむ。神社側の不手際《ふてぎわ》とはいえ、期日中に試験を受けねば失格となる。――どうだ、やれそうか？」

手にしていた湯呑《ゆの》みを膳に置き、恵那は居住まいを正して頷《うなず》く。

「不測の事態に動じていては、立派な修祓師にはなれません。謹《つつし》んでお受けいたします」

毅然《きぜん》とした生徒の受け答えに、綾はようやく態度を軟化させた。

伊之助も安堵《あんど》したように、恵那へふわりと微笑みかける。

「では、恵那さん。食事を終えたら厩前《うまやまえ》で落ち合いましょう。それと、今回は扶人殿のご同行はお控え願います」

「……人の子の分際で、我に指図《さしず》をするか」

伊之助から同行を拒《こば》まれ、扶人はあからさまに眉根を寄せた。

まったく、融通《ゆうずう》の利かない神様だ。実戦試験はどんなに長引いても三日とかからない。たった数日、下僕が側《そば》を離れるくらい、快《こころよ》く許可を出したっていいだろうに。

痛む眉間《みけん》を押さえ、恵那は幼子《おさなご》を諭《さと》す気分で口を開く。

「実戦試験は、個人の力量を計る重要なものなの。正式な修祓師になるには、一回でも多くこの試験に合格する必要があるわ。下僕として一人前になるためにも、あなたはここで私の帰りを待っていて」

「その間、我の護衛はどうするつもりだ？」

最後の悪足掻《わるあが》きのように問うた扶人に、夏葉がすかさず挙手をする。

「はいはーい、ボクが臨時下僕に立候補するよ。これでも、実戦経験は恵那ちゃんより豊富だからね。荒御霊の一匹や二匹、返り討ちにしてやるよ！」

「では、飯の支度はどうするのだ？　言っておくが、我は頼まれたところで作る気はないぞ」

「それも、ボクにお任せあれ！　秘伝の忍者食をご馳走《ちそう》するから」

「…………」

あっけらかんと答える夏葉に、ごねる気力を失くした扶人は無言で項垂《うなだ》れた。

天真爛漫《てんしんらんまん》な和み役だが、夏葉の実力は本物だ。

守られる本人が渋っていても、綾の身体が不自由な以上、彼以外に扶人の護衛は任せられない。試験を棄権《きけん》するわけにもゆかず、今回ばかりは恵那も心を鬼にした。

「それじゃあ、私が留守の間は夏葉が臨時下僕ってことで決定ね。申し訳ありませんが、綾先生も扶人のことを気にかけてやって下さい」

「おい、主を差し置いて何を勝手に決めておるのだ！」

「この通り、偉そうなことを言っても本気にしないで下さい。命令に逆らったところで、神社にバレなければ平気ですから」

「……どうやらお前は、よほど不敬罪《ふけいざい》で訴えられたいようだな？」

扶人から眼光鋭く睨《にら》まれるが、今更、視線くらいで怯《ひる》むと思ったら大間違いだ。

「訴えるのなら、ご自由に」

勝ち誇ったようにフッと笑み、恵那は食事を再開する。

（扶人は絶対、私を訴えるようなことはしないわ）

そう確信しているからこそ、どこまでも強気に出ることができる。

どうやら予想は的中したようだ。小さく舌打ちをした扶人は、聞こえるか聞こえないかの声で呟く。

「我の許可なく、掠《かす》り傷一つ負ってみろ。——特別な仕置きをしてやるから、心しておけ」

〝特別な仕置き〟とは何だろう？　気のせいか、その響きにぞくりと背筋が粟立《あわだ》つ。

けれど、言葉に込められた扶人の真意だけは、恵那にも理解できた。

「私なら大丈夫よ。心配してくれてありがとう」

お浸しを口に放り込みながら、何気なさを装って答える。

扶人から返事はない。彼は澄まし顔で、静かに茶を啜っている。

それでも、扶人が自分の身を案じてくれている――その事実は恵那にとって、どんな激励《げきれい》よりも嬉しかった。


ススキが群生する寂れた一本道を、葦毛《あしげ》の馬が疾駆《しっく》している。

鮮やかに色づいた山々を遠くに、恵那は駿馬《しゅんめ》の千里《せんり》に伊之助と二人で跨《また》っていた。目指しているのは、今回浄化を課せられた荒御霊が出没する村だ。

（初めての実戦試験……気が抜けないわね）

恵那に与えられた任務は、〝百面鬼《ひゃくめんき》〟と呼ばれる荒御霊の浄化だった。

百面鬼は他者の姿を奪い、己のものにする厄介《やっかい》な特殊能力を持つ。肉体を奪われた者は魂魄《こんぱく》体となり、その魂《たましい》も、終《しま》いには百面鬼に喰われてしまう。

これまでに喰われた魂魄の数も、決して少なくはない。油断ならない荒御霊だ。

（身体を奪うだけじゃ飽き足らず、魂まで食べるなんて極悪《ごくあく》ね。奪った姿で悪事まで働いてるみたいだし、死者を冒涜《ぼうとく》するにも程があるわ）

報告書によると、百面鬼は緑水村《りよくすいそん》という村で二日前に目撃されているらしい。

(まだ犠牲《ぎせい》者は出てないようだけど、何日も緑水村に潜《ひそ》んでるってことは、特定の人物を狙っているのかしら?)

無差別に人を襲うのなら、潜伏する必要はない。何らかの目的があるからこそ、百面鬼は一つの土地に留まっているのだろう。

百面鬼の思惑《おもわく》など、考えたところで見当もつかない。

それでも、恵那が成すべきことはただ一つ――。

(緑水村の人たちを守って、百面鬼を浄化する。それが、私に与えられた任務よ)

これが試験だということは、この際忘れてしまおう。合否に気を取られ、浄化に失敗したら元も子もない。

それに――と、恵那は思う。

自分にとっては試験課題でも、緑水村で暮らす人々には死活問題なのだ。たとえ試験に落ちても、村人たちだけは百面鬼の脅威《きようい》から守り抜かねば。

そこまで考え、恵那は一旦思考を中断した。

(おかしいわね。荒御霊の浄化は、これまで何度も経験してるのに……)

緊張しているのだろうか、胸が不穏《ふおん》にざわめく。

今まで、強大な力を持つ荒御霊と対峙《たいじ》した時も、こんな気持ちになったことはない。意識すればするほど、違和感ばかりが募《つの》ってゆく。


「恵那さん、大丈夫ですか？」

背後から気遣いの声を掛けられ、恵那は自分の置かれた状況を思い出す。

「初めての実戦試験で、色々と不安があるでしょう。ですが、私はあなたの実力を信じています。きっと、無事に合格することができますよ」

激しい風鳴りに掻き消されぬよう、伊之助が耳元で励ましてくれる。だが、なぜだろう。彼の言葉に安心するどころか、逆に居心地の悪さを感じてしまった。

少し前までは、伊之助と二人で馬に乗ることは憧れだったのに――。

これなら、扶人と暴れ猪《いのしし》に乗っていた時の方が、ずっと心が凪《な》いでいた。

（……あ）

扶人の姿が脳裏を過《よぎ》った瞬間、違和感の正体に気がついた。

（私ってば、馬鹿みたい）

たかが数日とはいえ、扶人は自分が側から離れることを惜《お》しんでくれた。そんな彼を「子供みたい」と思った自分の方が、よっぽど子供だったようだ。

――彼という支えを失うだけで、こんなにも簡単に気持ちは揺らぐ。

（そう言えば、出会ってから何だかんだで、扶人とはいつも一緒にいたっけ）

ぴったりとくっついているわけでも、三歩下がって付き従っているわけでもない。肩を並べて同じ歩調で歩き、転びかけた時にだけ手を差し伸べる関係だ。

身分差があるようでいて、対等。

無関心のようでいて、お互いを見守っている。

（いの先生じゃない。私が欲しかったのは、扶人の言葉だったのね……）

扶人が「大丈夫だ」と言うだけで、最悪な状況下でも希望を見出せる。戦闘中だって、彼を背中に庇《かば》っているからこそ、無様な姿は見せられないと奮起《ふんき》できた。

（でも、こんな甘ったれた気持ちじゃ駄目よ）

扶人の存在に凭《もた》れているようでは、立派な修祓師にはなれない。

どんな場面に直面しても、揺るぎない精神を持たなければ。臆病風に吹かれ、怖気《おじけ》づきなどしていたら、誰も救うことなんかできない。

（もっと、任務に集中しなくちゃ。私を送り出してくれた扶人のためにも、情けない結果は残せないもの）

恵那が無事に戻ってくると信じ、扶人は祥泉堂で待つことを選んでくれた。

――彼の想いを、裏切ることはできない。

「恵那さん、緑水村が見えてきましたよ」

伊之助の声に顔を上げると、周囲を木立ちに囲まれた村が見えた。

畑作で生計を立てる小さな村だと聞いていたが、水部村《みなべむら》より規模が大きい。民家の数も多く、暮らしている人も多そうだ。

それだけ、守らねばならない命がある。

（いつまでも弱気でいたら、扶人に笑われるわ。それに、私が戦わないで、誰が百面鬼を浄化するのよ！）

覚悟を新たにすれば、胸を蝕《むしば》む不快感が薄らぐ。

顔も知らない村人でも、誰一人として失いたくはない。同時に、死後に闇へ堕《お》ちた荒御霊の魂も、どうにか救済してあげたいと恵那は望む。

暗く冷たい闇の中を、人の魂を求めて彷徨《さまよ》い続けるなんて、新たな悲しみの連鎖《れんさ》を生み出すだけだ。

哀れな荒御霊の魂を、安らかな輪廻《りんね》の旅路へと導く。

生者だけでなく、死者の魂をも救済する。それが、修祓師に課せられた使命だ。

（もう、迷わないわ）

見習い修祓師として初となる、実戦試験開始の時が目前に迫る。

恵那の実直な瞳には、強い決意が燃えていた。

昼食時を過ぎた緑水村は、意外にものどかな雰囲気に包まれていた。

(荒御霊を目撃したのは、行商の薬売りだったわね)

薬売りの男は置き薬の補充をした帰りに、百面鬼と遭遇《そうぐう》したらしい。咄嗟《とっさ》に背負っていた薬箱を投げつけ、形振《なりふ》り構わず逃げて助かったそうだ。

恵那は素早く周囲に視線を走らせ、村人たちの様子を窺う。

家々の戸は開け放たれ、路地では数人の子供が鬼ごっこをしている。井戸端《いどばた》に集まって野菜を洗う女たちも、噂話《うわさばなし》に花を咲かせていた。

(村の人たちは、荒御霊が出没していることを知らないみたいね)

荒御霊の目撃情報が広まっていれば、村人たちは家に引き籠《こ》もっているはずだ。

(よし。まずは、情報収集から始めましょう)

実戦試験はすでに開始していた。村に入ってすぐに伊之助とは別れ、恵那は単独で動いているが——動向はすべて、伊之助によって監視されている。

気を引き締めた恵那は、ちょうど前方を横切った壮年《そうねん》の男に近づく。

「すみません、少しよろしいでしょうか?」

「ん？　お前さんは神社の人かい？」

鍬《くわ》を担《かつ》いで畑に向かう途中だった男は、恵那が纏う紺羽織《こんばおり》を認めて片眉を上げた。

「私は葛紗《くずさ》神社に籍《せき》を置く見習い修祓師で、恵那と申します。本日は授業の一環で、聞き込みの訓練をしているのですが――最近、村で変わったことなどはありませんか？」

礼儀正しく会釈《えしやく》した恵那は、あえて百面鬼の名を伏せて事情を偽った。

近くに荒御霊が潜んでいると明かせば、村人たちを無用に混乱させてしまう。そうなれば、情報を引き出すことも困難となり、百面鬼を取り逃がしかねない。

効率は落ちたとしても、ここは慎重に事を進める必要があった。

「変わったこと？　そうさなぁ～。かかあの顔にでっけぇ吹き出物ができて、機嫌が滅法《めっぽう》悪い事しか心当たりはねぇな」

「は、はぁ……」

「今朝、それをからかったら鬼みてぇに怒ってよぉ。お前さんも修祓師の卵なら、うちの鬼婆《おにばば》を退治してくれや」

聞き込みを始めて早々、人選を誤《あやま》ってしまった。

冗談好きな男は闊達《かったつ》に笑うと、畑の方へ歩いて行ってしまう。取り残された恵那は、しばしぽかんとその後ろ姿を見送った。

（修祓師なんか差し向けたら、余計に奥さんが怒ると思うんだけど）

　時の氏神《うじがみ》なら他を当たってくれと、恵那は肩を落とす。

「あ、あの……」

　人知れず脱力していた恵那は、背後から声を掛けられてハッとする。慌てて振り返ると、泣き黒子《ぼくろ》が印象的な若い娘が立っていた。

　恵那よりも年上らしき娘は、恐《おそ》れを振り切るように硬い声で切り出す。

「変わったことなら、あります」

「えっ」

「おっかさんに相談しても、取り合ってもらえなくて困っていたんです。一人で悩んでいるのも怖いから、聞いていただけませんか？」

　胸の前で組まれた娘の手が、小刻みに震えている。よほど心細い思いをしているのか、縋《すが》りつくような視線が悲痛だ。

　怯《おび》える娘を安心させるよう、柔らかく微笑んだ恵那は鷹揚《おうよう》に頷く。

「私でよければ、お力になりますよ」

「ほ、本当ですか！　ありがとうございます」

　曇《くも》っていた表情が晴れ、娘はペコリと頭を下げる。そして、一刻も早く不安を解消したいのか、前置きもなく本題へと移った。

「昨日、栗拾いに行った森で不気味な声を聞いたんです」

「不気味な声？　それは、具体的にどんな？」

「えっと……何かを威嚇《いかく》するような、低い唸り声でした。最初は狼《おおかみ》か熊だと思ったんですけど、荒い呼吸の合間に、人の言葉らしきものが聞こえたんです」

その時のことを思い出してか、娘は己の身体を掻き抱《いだ》いて身震いする。

「内容までは聞き取れませんでしたが、あの恐ろしい声は普通の人間じゃありません。きっと、西の山から下りてきた人喰《ひとく》い鬼です……っ」

村に伝来すると思われる、ありきたりな怪談と混同されているが――娘が聞いたのは、おそらく百面鬼の声だろう。

偶然手に入った有益な情報に、恵那はごくりと喉を上下させる。

「本当に人喰い鬼がいたら大変です。私が様子を見てくるので、詳しい場所を教えていただけますか？」

神妙な顔で申し出た恵那に、娘はおずおずと西の方角を指差す。

「この通りを歩いて行くと、森の入り口に辿《たど》り着《つ》きます。不気味な声を聞いたのは、森のかなり奥でした」

「分かりました。後のことは私が引き受けるので、あなたは安心してください」

恵那が自信たっぷりに宣言すると、娘は胸を詰まらせたような顔で深々と頭を下げた。

「お願いです、修祓師様。村の者が襲われないうちに、どうか人喰い鬼を退治してください！」

――正式な修祓師じゃないのに、私を頼《たよ》りにしてくれる人がいる。

思えば恵那は、いつも扶人を守るために荒御霊と戦ってきた。こうして純粋に、第三者のためだけに行動を起こしたのは、退魔具を得てからは初めてだ。

だからこそ、任務にかける恵那の熱意は一層燃え上がる。

（この任務が、一人前の修祓師になる第一歩よ）

長い下《さ》げ緒《お》で背負った、雪桜《ゆきざくら》の鞘《さや》をそろりと撫でる。

西の森を見据《みす》える恵那の瞳は、闇夜を照らす月のごとく冴《さ》えていた。


名も知らぬ娘と別れた恵那は、段々畑を遠くに望む一本道を歩いていた。

（作物が枯れてるわけでも、水不足ってわけでもなさそうね）

百面鬼は人を襲っていない。ならば、悪辣《あくらつ》な策略でも巡らせているかと思ったが――今のところ、村に表立った異変は見受けられない。

畑を耕《たがや》す男衆は、みんな溌溂《はつらつ》とした表情をしている。畝《うね》に植わる作物の成長も順調そうだ。天候も至って良好。土壌《どじょう》や溜め池にも問題はなかった。

こうも平和だと、この村に百面鬼がいるのか疑わしくなる。

（でも、さっきの女の人は不気味な声を聞いてるわ）

薬売りも襲われているのだ。何を企《たくら》んでいるのかは謎だが、百面鬼は必ずいる。

――もしかしたら、この任務は想像よりも遥かに厄介かもしれない。

荒御霊の気配を探ってみるが、邪気《じゃき》の反応は皆無。つまり百面鬼は、気配を完全に消すことができるということだ。

(気配を探知できないなら、地道に足で探すしかないわね)

戦闘に備えて体力は温存したいので、あまり歩き回りたくないのが本音だ。けれど、動かなければ事態は進展しない。

とにかく今は、百面鬼が潜む可能性のある西の森を目指そう。

日頃の修行で鍛《きた》えているのだ。この程度の探索で音《ね》を上げるほど、柔《やわ》じゃない。

「……あれ？」

畑地を過ぎると、道の両側に生える木々が増す。森が近づいている証拠だと思い、恵那が改めて視線を前に向けると――少し先に、地面に蹲《うずくま》っている人を発見した。

纏っている着物と体格から、成人男性だろう。

具合が悪いのだとしたら、掌術《しょうじゅつ》で治療することができる。雪桜を背負い直した恵那は、まろぶように男性へ駆け寄った。

「あの、どうしたんですか？」

息を弾ませて問えば、俯《うつむ》いていた男性はゆっくりと顔を上げる。

歳の頃は二十代半ばだろうか。気が弱そうな顔立ちの青年は、蒼白《そうはく》の顔色で前方の森を指差し、歯の根が合わぬ口を開く。

「むっ、むむむっ、む……ッ!!」

取り乱した様子で、青年は「む」を連呼する。

動揺のあまり、言葉が喉の奥で痞《つか》えているのだろう。青年の傍《かたわ》らに膝をついた恵那は、彼の震える背を労《いたわ》わるように摩《さす》る。

「一度、大きく深呼吸をしてみてください。気分が落ち着いて言葉も出やすくなりますよ」

恵那から優しく促《うなが》された青年は、こくりと頷き――なぜか、「ひっひっふー」と呼吸を繰り返し始めた。

「ちょっ!? それは、お産の時の呼吸法ですよ！」

落ち着かなければいけないのに、力《りき》んでどうする。見兼ねた恵那は、「吸ってー、吐いてー」と一緒になって深呼吸をした。

五回ほど深呼吸を繰り返すと、青年はようやく「む」の連鎖から解放された。

「ど、どうもすみません。お手数をおかけしました」

「それより、いったい何があったんですか？　私でよければお話を――……」

聞きますよ、と言う前にガバッと両手を摑まれた。

目を白黒させて仰《の》け反《ぞ》った恵那に、青年は半泣きになって訴える。

「じ、実はですね！　ついさっき、お天気が良かったので、息子と薪《たきぎ》を拾いに森へ入ったんです。息子ったら『大好きな父ちゃんと一緒だ～』って、そりゃあもう、眩《まぶ》しいくらいの笑顔ではしゃいでいたんですよ」

「は、はぁ」

「あっ、息子の可愛さを信じてませんね？　歳は五つ、宝物は私が作った竹トンボ。幼馴染《おさななじ》みのおみっちゃんが好きで、隣の家の息子と三角関係らしいんですけどね？　おみっちゃんは、必ずうちの子を選びますよ。なんたって、うちの子の方が可愛いんですから！」

「………」

得意げに胸を張った青年に、恵那は相槌《あいづち》を打つのも忘れて目を瞬《またた》かせる。

鬼気迫る様子で縋りつかれ、何が始まるかと思えば息子自慢なんて。話の最後には、青白かった頰を微《かす》かな朱《しゅ》に染め、青年はへにゃりと相好《そうごう》を崩《くず》す始末だ。

(どうしよう、会話が成立しない……っ！)

だが、諦めてなるものか。

困っている人を見過ごせば、確実に減点される。試験中でなかったとしても、挙動不審な青年を放置して、この場を去ることなんてできない。

乗り掛かった船だと自らを鼓舞して、恵那は話の軌道修正を試《こころ》みた。

「息子さんが、とっても可愛らしいことは分かりました」

「そうでしょうとも！　目に入れたって、痛くないんですからね」

「え、っと……良い、お父さんなんですね。それにしても、さっきまで何をなさっていたんですか？　体調が悪そうだったので、声をかけてみたのですが……」

「？　はて、私は何をしていましたっけ？」

青年は緩《ゆる》く腕組みをして、「うーん」と考え込む。

根気強く恵那が待っていると、青年の顔色が再び蒼褪《あおざ》めてきた。かと思えば、彼はまたしても半狂乱になり、裏返った悲鳴を上げる。

「そうでした！　息子です！　息子なんですよぉ！」

「こ、今度はいったい何ですか？」

がばっと胸倉を掴まれた恵那は、若干及び腰になって問う。

「森に入ってすぐのことです。木の上から化け物が降ってきて、あろうことか、私の可愛い息子を連れ去って行ってしまって……っ！」

「な……、何ですってぇ!?」

青年に負けず劣らず、恵那までひっくり返った声で叫んだ。——が、すぐさま我に返った彼女は、込み上げる恥ずかしさを堪《こら》えて咳払いをする。

青年の動揺が伝染して、うっかり大げさな反応をしてしまった。

「それで、息子さんはどこへ連れて行かれたんですか？」

気を取り直した恵那は、努めて冷静に尋ねる。

「右です！　あなたから見ると、左ですね」

「え、えっと……つまり、森の中ということですか？」

青年が指し示す先には、見事に紅葉した森が広がっていた。攫《さら》われた子供がこの森に連れ込まれたのなら、犯人が百面鬼である確率は高い。

村娘が不気味な声を聞いたのも、この森の奥だったはず……。

恵那が森の入り口を睨んでいると、急に身体がガクンと斜めに傾《かたむ》いた。

「きゃっ！　な、何するんですか!?」

何事かと視線を落とせば、右腕に青年が縋りついていた。

初対面の異性から密着され、頬がカッと熱くなる。思わず青年を投げ飛ばしかけたが、相手が一般人であることが幸いした。理性の制止が間一髪《かんいっぱつ》で間に合い、事なきを得た。

身の危険が迫ったことにも気づかず、青年は勝手に話を進めだす。

「神社の紋《もん》が入ったその羽織！　あなた、修祓師様ですよね？」

「み、見習いですが……」

鬼気《きき》迫る様相に圧《お》されて頷くと、青年は涙交じりに懇願《こんがん》し始めた。

「見習いでも、化け物を払うことはできますよね!?　お願いします、私の息子を助けて下さい！　修祓料は、私の身体で必ずお払いしますので！」

「お、落ち着いて！　ご家庭があるのに、身売りなんかしちゃ駄目ですよ。お金を取るつもりはありませんし、私だって逃げも隠れもしないので、まずはこの手を離して下さい！」

「可愛い息子が化け物に攫われたのに、これが落ち着いていられますか！」

震える声で青年から怒鳴《どな》られ、恵那は反射的に「ごめんなさい！」と謝った。

よく考えると、謝ることなんて何もしてないのに。どうにもこの青年には、相手の心を掻き乱す才能があるらしい。

——非常に、傍《はた》迷惑な才能だ。

「近くの神社に、修祓師様を呼びに行っていたら間に合いません！　お願いします、あなただけが頼りなのです！　こうなったら、息子を救うとお約束して下さるまで、タコのようにへばりついて逃がしませんからね！」

声高に宣言した青年は、更に力を込めて腕にしがみついてくる。

これにには恵那も、ため息が零《こぼ》れるのを止められなかった。

「私は最初から、この森に住み着いた化け物を退治しにきたんです。だから、こんなにがっちりしがみ付かなくても、逃げたりはしませんよ」

「ほ、本当ですか？」

「神に誓って、嘘はつきません。それより、急がないと息子さんの命に関わります」

青年の力が緩んだ隙を見逃さず、恵那は腕に絡《から》みつく手を引っぺがした。

「化け物は私に任せて、あなたは村に戻って下さい。旦那《だんな》さんまで化け物に捕まったら、奥さんが悲しみますから」

口早に指示を出しつつ立ち上がり、恵那は雪桜の下げ緒を解《と》く。

いつでも刀身を解放できるように、しっかりと柄《つか》を握り締める。戦闘準備は整った。いざ、百面鬼の浄化へ――と、森へ駆け込もうとした瞬間、再度身体がガクンと斜めになる。

「待ってください！」

「……今度は、なんです？」

いい加減焦《じ》れてきた恵那は、胡乱《うろん》な眼差しで足元を見下ろす。

腕が解放されたと思いきや、今度は足に青年が縋りついているではないか。

「実はこの森、〝魔性の森〟と呼ばれているんですよ。一度足を踏み入れたら最後、地形を熟知していなければ二度と出ることは叶わず、終《しま》いには人喰い鬼の餌《えさ》となる。村ではそう、代々語り継がれているんです。だから、私を案内役としてお供《とも》させてください！」

「それは……本当ですか？」

恵那が怪訝《けげん》そうに眉を顰《ひそ》めると、青年は首がもげんばかりに頷く。

「村の者は子供の頃から、森に入って完璧に地理を覚え込まされます。どんな些細な目印も、頭に叩き込んでいるので、多少感覚が狂っても迷わないんですよ」

座学でも習ったことがある。霊力の溜まりやすい土地では、稀《まれ》に不可思議な現象が起きるらしい。方向感覚が狂わされる事例もあったはずだ。

だとすると、百面鬼を倒して子供を救出したとしても、森の中で迷子になってしまう。さすがに、餓死《がし》する前に脱出できるだろうが――時間を無駄にすると、試験結果に響く。

「それなら、道案内をお願いできますか?」

一刻も早く百面鬼を見つけ出さないと、子供の魂が喰われてしまう。

恵那から協力を求められた青年は、ようやく彼女の足を放した。彼は勢いよく立ち上がると、「早く行きましょう」と率先《そっせん》して森へ入って行く。

息子の安否《あんぴ》を気にかける、優しい父親なのだろうが――本当に、この人を道案内にして大丈夫なのかと、今更ながら不安になる。

(絶対、自分の立場が分かってないわね)

ずんずん先へ進む青年に、恵那は何度目かのため息を漏らす。

荒御霊からしたら、人間は老若男女問わず恰好《かっこう》の餌だ。危機感の欠落している青年は、自分が餌になる可能性なんて考えもしない。

愛息子《まなむすこ》のことで頭が一杯なのだろうが、厄介なことになってしまった。

「修祓師様、こちらです！　お急ぎください！」

無防備な〝護衛対象〟から、ぶんぶんと手招きされる。

(あからさまなカモネギ状態だけど……私がしっかりしてれば大丈夫よね、きっと)

雪桜を握り直した恵那は、気持ちを引き締めて彼の後を追う。
子供を無事に救出して、森から帰ってこられることを祈りながら――。

第二章　忍び寄る魔手

庭に植えられた柿の木から、風に吹かれて木《こ》の葉《は》が飛んできた。

本堂の縁側《えんがわ》で煙草《たばこ》を吹かしていた扶人《ふひと》は、膝《ひざ》の上に落ちた一片《ひとひら》の葉を摘《つ》まみ上げる。

（……あやつの髪紐《かみひも》と、同じ色だな）

緋色の葉をぼんやりと眺め、じゃじゃ馬な下僕《げぼく》の姿を思い描く。

我ながら女々《めめ》しいと思うが、朝からずっと恵那《えな》のことばかり考えている。

今頃、彼女は何をしているのだろうか。過去に、神の魂《たましい》を喰らった荒御霊《あらみたま》を一人で討《う》ったほどだ。その辺の荒御霊など、敵ではないだろうが――なぜか、気分が落ち着かない。

「恵那がいないと、寂《さび》しいものですね」

カツン、カツンと床を打つ音が、ゆっくりと近づいてくる。

杖《つえ》をついて現れた綾《あや》は、扶人から僅《わず》かに距離を取って縁側に腰を下ろした。手元に落とした視線は逸《そ》らさず、扶人は燃え尽きた煙草の灰を始末する。

「我に用か？」

「夏葉《なつは》がお茶を煎《い》れると申していたので、私もご一緒させていただこうかと思いまして。お邪魔でしたでしょうか？」

感情を表現する術《すべ》を失った、綾の淡白な口調は不思議と嫌いではない。

丁度、暇《ひま》を持て余していたところだ。恵那には及ばずとも、側《そば》に置いておけば退屈しのぎくらいにはなるかもしれない。

そんな気まぐれを起こした扶人は、「好きにしろ」とだけ告げた。

「庭木の葉が落ち切ると、程なく冬がやってきます」

煙管《きせる》と煙草入れを懐《ふところ》にしまっていると、綾がぽつりと呟《つぶや》く。

「私がこの堂に赴任してきたのも、寒さの厳しい冬のことでした。足を悪くして間もない頃で、前任の教師の手を借りても、本堂に辿《たど》り着《つ》くまで難儀《なんぎ》したものです」

唐突に始まったのは、綾の身の上話だった。

初めて綾へ視線を遣《や》ると、彼女は硝子玉《ガラスだま》のような瞳で庭先を眺めている。人形じみた無表情は変わらないが、漂う雰囲気《ふんいき》は普段より柔和な気がした。

「雪が積もった地面を歩いてきたせいで、冷えた足は捻《ね》じ切れるように痛んでいました。前任の教師が火鉢を用意してくれたのですが、それだけではとても足は温《あたた》まりません」

「…………」

「動かぬ足を抱え、教師など務《つと》まるものかと不安になりました。生徒に迷惑をかけるようならば、辞職も考えていたのですが――そんな弱気な私を、恵那が救ってくれたのです」

唐突に下僕の名を出され、扶人の肩がぴくりと揺れた。

恵那が絡《から》んだだけで、それまで聞き流していた話にも興味が湧《わ》く。現金なものだと自嘲《じちょう》するが、あの娘に関わる事は、どんな些細《ささい》なことでも知っておきたかった。

「赴任した当日、足を摩《さす》っている私を見て、あの子は湯たんぽを作ってくれました。翌日には、私の起床を見計らって部屋を訪れ、着替えまで手伝ってくれて」

「……あいつは、お前の世話を命じられておったのか？」

思わず口を挟んだ扶人に、綾は緩《ゆる》く頭を振る。

「最初は、不自由な身体《からだ》を憐《あわ》れまれているのだろうと思いました。生徒に同情されることが耐えられず、私は一度、恵那の介助を断ったのですが――あの子は次の日も、変わらぬ笑顔で私の元を訪れてくれました」

微笑《ほほえ》んでいるのだろうか。綾の大きな目が、微《かす》かに細められる。

「先生は、私たちの修業を手伝ってくれる。だから私は、そのお礼がしたい。――そう言われた時、不覚にも泣きそうになりました。同時に、なんて自分は矮小《わいしょう》な人間だったのかと、痛感させられたものです」

「そうか……」

素直に、恵那らしい言葉だと思えた。

馬鹿がつくほどのお人好《ひとよ》しは、他者につけ込まれやすい。だが、彼女の「お人好し」に救われる者も、現にこうして存在している。

もしかしたら自分は、恵那の「お人好し」な部分に惹《ひ》かれたのかもしれない。

（千咲《ちざき》は心優しい娘だったが、分別はあった）

しかし、恵那は人助けとなれば一直線に駆け出す。

相手が何者であろうと、守るべき者のためなら意地でも引かない。逆に、守るべき者が多ければ多いほど、我が身を顧《かえり》みず猪突猛進《ちょとつもうしん》に突っ込んで行く単細胞だ。

『私はね、すべてを守ろうとは思わないわ。その代わり、この手が届く範囲のものは守りたいと思うの』

いつだったか、千咲は哀愁《あいしゅう》漂《ただよ》う眼差《まなざ》しでそう語っていた。

――だが、恵那はどうだろう。

管轄地《かんかつち》外の問題にも、率先《そっせん》して首を突っ込む。水部村《みなべむら》の者が病に倒れたと聞けば、授業中でも飛び出して行く。頼まれてもいないのに村の仕事を手伝い、いつでもどこでも誰にだって、善意と笑顔を振り撒《ま》くのだ。

（やはりあいつは、千咲とは違うのだな……）

手が届く範囲のものだけを、守ろうとした千咲。

片や恵那は、手が届かないものでも、身を乗り出して守ろうとする。たとえ、自分まで奈落《ならく》の闇に沈もうとも――。

『ねぇ、扶人。人助けって悪いことなのかしら？』

夏の終わりの、物悲しい夕暮れ。

扶人と並んで縁側に腰かけた恵那は、どこか寂しそうに膝を抱えていた。

飲むだけで長寿になれるという丸薬《がんやく》を、妖《あや》しい僧侶が村で販売している。親しくしている村人から、そう報告を受けた恵那は、昼餉《ひるげ》の途中にも関わらず飛び出して行った。

長寿薬が偽物《にせもの》だと恵那が暴《あば》いたお陰で、村人たちは騙《だま》されずに済んだ。

けれどそれは、偽僧侶の商売を邪魔したことでもある。

『お前のせいで、今夜の食いぶちがなくなっちまったじゃねぇか！　世の中、正論だけじゃ生きて行けねぇんだよ。偽善者気取りめが、今に痛い目見りゃいいんだ！』

村から逃げ出す間際《まぎわ》。負け犬よろしく、偽僧侶は恵那にそう叫んだらしい。

『私は別に、善人ぶってるわけじゃないわ。悪いことをしている人がいたら、それは間違いだと教えてあげる。困っている人がいたら、何も言わずに手を貸してあげなさいって、母さんから教わったもの』

――だから、私は間違ったことなんかしていない。

瞳に夕焼けを映し、どこか辛《つら》そうに……それでも恵那は毅然《きぜん》と言い切った。

『逃げてく僧侶のおじさんに、〝人を騙したお金でご飯を食べても、絶対に美味《おい》しくないんだから！〟って怒鳴《どな》り返したら、すっごくびっくりした顔をされちゃった』

自分が傷つくことも厭《いと》わず、体当たりで人の心と向き合う。

恵那は、太陽のように眩《まぶ》しくて温かい娘だ。

『あー、もうっ。ウジウジ考えるのはやめたっ！　人助けができるなら、偽善者で結構よ。恨《うら》まれたって、詰《なじ》られたって、それが私の生《い》き様《ざま》だもの』

若さ故《ゆえ》の、青臭くて盲目的な正義感だ。

けれど、誠実な眼差しで己《おのれ》の生き様を語る恵那に、不思議と嫌悪は湧かなかった。

（夢のような事を大真面目《おおまじめ》で語っているからこそ、好感が持てるのやもしれんな）

出会った当初、扶人は恵那に千咲の面影《おもかげ》を重ね見ていた。

それも、途中で馬鹿らしくなってやめた。

魂は同一であっても、似ているのは容姿《ようし》だけだ。新たに生まれ持った気性は、いっそ清々《すがすが》しいほどの正反対で、それを知った時は絶望すらした。

しかし、今は「二人が違ってよかった」と本心で思える。

二人が異なる存在だからこそ、新たな気持ちで恵那を想えるのだから。

（千咲のことは、一生忘れないだろう）

自分がこの世に生を受け、初めて全てを捧げるほどに心奪《こころうば》われた娘だ。そう簡単に忘れられるはずはないし、忘れるつもりもない。

だが、はっきり言えることが一つだけある。

千咲を〝愛していた〟と、胸を痛めず、懐かしく思えるようになったことだ。

「正直なところ……恵那があなた様の下僕に任じられた際、一瞬ですが、私は反対しようかとも考えたのです」

「我がどこの馬の骨とも知れぬ、下賤《げせん》な男に見えたからか？」

わざと嫌味っぽく問うが、綾はうろたえる素振りも見せない。

儚《はかな》げな外見に反して、意外なまでに豪胆《ごうたん》な彼女は、平然と言葉を続ける。

「恵那は生徒でありながら、いつも私を支えてくれる――まるで、歳の離れた妹のような存在です。されど、国守りの神の護衛役を果たすことは、修祓師《しゅばつし》にとってはこの上ない誉《ほま》れ。ですから、最初は下僕就任を祝福する〝フリ〟をしました」

「なるほどな。表面上では我を歓迎しつつも、陰ではあいつに無体《むたい》な真似《まね》を働かぬか、監視しておったのか」

「恵那が本気で嫌がるようであれば、あなた様から厳罰《げんばつ》が下されることを承知で、総社《そうじゃ》に密告するつもりでした。けれど、すべて私の取り越し苦労だったようですね」

風がよそ吹き、片手で弄《もてあそ》んでいた木の葉が飛ばされた。

空になった手を見下ろし、扶人は眉根を曇《くも》らす。

恵那の髪紐と同じ色というだけで、何となく手放さずにいた木の葉。風に攫《さら》われたそれを見て、まるで彼女自身と引き離された錯覚《さっかく》に囚《とら》われ、思わず手を伸ばしかけた。
（我としたことが……重症だな）
離れるといっても、たかが数日のことだ。封印されていた期間と比べれば、ほんの一瞬に過ぎない
母を恋しがる幼子《おさなご》ではあるまいに。
はずだが――恵那が側にいない一秒は、永遠にすら感じられた。
目を離すと無茶ばかりするから、心配で堪《たま》らない。
自分の目が届かぬ場所で、怪我でもしていないかと恐ろしくなる。
（恋をすると、人は弱くなるものだと聞いたが――神も、同じなのだな）
気づけば恵那の姿を目で追い、彼女の声に耳を傾《かたむ》けていた。
理由なんて無意味だ。説明なんかできないほどごく自然に――いつの間にか、恵那を愛して
しまっていた。
「今の恵那は、自らの意思であなた様の従者を務めております。あの子がそう思えるだけの御《お》
方《かた》ならば、私も可愛い生徒をお任せすることができます。どうか、これからも恵那をよろしく
お願い致します」
「……言われなくとも、そのつもりだ」
そうだ。お前になど預けられないと言われたところで、誰が手放してやるものか。あの娘だ
けは何があろうとも、最期《さいご》まで添《そ》うと決めた。

――恵那と出会うためだけに、ずっと独《ひと》りで待っていたのだから。

その時、陶器が触れ合う賑《にぎ》やかな音が聞こえてきた。

「お待たせ～。今日のお茶受けは、大奮発して羊羹《ようかん》だよ」

長い三つ編みを尻尾《しっぽ》のように揺らして、夏葉が廊下の奥から走ってくる。

綾と扶人の真ん中に陣取った彼は、雑《ざつ》な手つきで茶を煎れる。「はい、どーぞ」と湯呑《ゆの》みを手渡され、扶人はそれを無言で受け取った。

「夏葉、本当に奮発したな……」

お茶受けの羊羹を見下ろし、綾はゆっくりと瞬《まばた》く。彼女の視線の先には、真四角に切られた羊羹がある。恵那が羊羹を切ると、いつもこの三分の一くらいの厚さだ。

贅沢《ぜいたく》の仕方が、いかにも夏葉らしい。

「それにしても、恵那ちゃんがいないと寂しいなぁ～。俊《しゅん》ちゃんがいなくなってから、毎日の当番だって大変になったし――綾先生、新入生を受け入れる予定とかないの？」

早速湯呑みを傾けていた綾は、「ふむ……」と小さく唸《うな》る。

「生徒が二名では、合同演習ができぬだけでなく、配給金も減額されるからな。祥泉堂《しょうせんどう》存続のためにも、伊之助《いのすけ》が戻り次第、生徒数増員の相談を持ちかけてみるか」

「本当!?　うわ〜、ボクにもついに後輩ができるんだぁ！」

満面の笑《え》みを咲かせた夏葉は、大口を開けて真四角の羊羹にかぶりつく。

楽しげに会話する師弟をよそに、扶人は静かに茶を啜《すす》り――次の瞬間、急速に近づいてくる気配に、大きく目を瞠《みは》った。

「扶人殿、どうかなさいましたか？」

湯呑みを置いた扶人は、傍《かたわ》らに立て掛けていた錫杖《しゃくじょう》を手に取る。彼の雰囲気が一変したことで、綾も退魔具《たいまぐ》の杖に手を伸ばした。

錫杖を携《たずさ》えて立ち上がった扶人は、不敵な面構《つらがま》えで庭の奥の茂みを見据《みす》える。

「案ずるな、我の昔馴染《むかしなじ》みだ」

言い終わると同時に、茂みから一匹の獣《けもの》が飛び出してきた。

力強い四肢《しし》で地面に着地したのは、熊にも勝る巨体を持つ狼《おおかみ》だった。身体に付いた木屑《きくず》を振り払うと、見事な銀毛が陽光を反射してキラキラと輝く。

「すっごーい、銀狼《ぎんろう》だぁ！　カッコいい〜ッ！」

夏葉が場違いな歓声を上げる中、扶人は底意地悪くフッと笑む。

「久しいな、蛍雪《けいせつ》。今回はどのような手を使い、神廟《しんびょう》から抜け出してきた？」

『……いつも通り、眷属《けんぞく》を身代わりに……』

大欠伸《おおあくび》をした銀狼の巨軀《きょく》から、眩《まばゆ》い閃光《せんこう》が迸《ほとばし》る。

光が収まった庭先には、銀狼の代わりに一人の青年が佇《たたず》んでいた。

「都から走り通しで、疲れた……」

毛先だけ結われた色素の薄い髪を揺らし、青年はほてほて歩いてくる。

長らく姿を見ていなかったが、だらしない猫背に、気怠《けだる》げな半眼《はんがん》は相変わらずだ。

昔馴染みの連中からは、「顔〝だけ〟はいいのに」と惜《お》しまれていた。黙っていれば文句なしの美丈夫《びじょうぶ》だが、口を開けば「だるい・面倒・疲れた」の三拍子で、つけられたあだ名は〝怠《だ》惰《だ》の塊《かたまり》〟。

放っておけば、何年でも寝続ける筋金入りの怠け者だ。

「おい、勝手に何を飲んでいる？」

「……お茶だが。ここに置いてあった……」

何か問題でも？　目顔でそう問われ、叱るよりも先に脱力する。

誰の飲みかけであっても気にしない。ここまで徹底した無頓着《むとんちゃく》ぶりだと、注意するだけ無駄である。これはもう、何百年も昔に思い知らされていることだ。

「ねぇー。この銀狼のお兄さんって、扶人の何なの？」

縁側に腰掛け、羊羹まで貪《むさぼ》り始めた青年。よく見ると翡《ひ》翠《すい》色の瞳は完全に閉じられ、もごもごと口を動かしながら、器用に船を漕《こ》いでいるではないか。

好奇心に輝く瞳で青年を観察する夏葉に、扶人はしれっと答える。

「そいつは、十三神の一柱。名は篤巳神《あつみがみ》だ」

皆に挨拶《あいさつ》をせんかと、扶人が錫杖で小突《こづ》けば、青年――篤巳神は、ゆるゆると重い瞼《まぶた》を持ち上げた。

「……あぁ、どうも。とある横暴な友人から、総社の御神体という大任を丸投げされた篤巳だ。ちなみに、件《くだん》の薄情な友人が呼んでいる〝蛍雪〟とは、俺の生前の名前だった……気がする」

「お前という奴は、どこまで堕落《だらく》しておるのだ。自分の事くらい覚えておけ」

「……面倒だ」

「ならば、思い出す必要がないように、記憶自体を放棄してしまえ」

篤巳神とは、那国《なこく》建国当初からの腐《くさ》れ縁《えん》だ。

ただの和御霊《にぎみたま》だった頃、神に昇格してやると言っても、「面倒だ」という理由で拒否した稀《け》有《う》な男。無理やり神名を与えた後は、「だるい」とほざくのを無視して、最も重要な総社の御神体に据えた。

責任のある地位に就《つ》けば、少しはまともになるかと思ったが――どうやら、その予想は外れたようだ。

むしろ、年々怠け癖が悪化している。

「総社の御神体ともあろう御方が、お供《とも》も連れずにどうなされたのですか？」

空になった篤巳神の湯呑みへ茶を注ぎつつ、綾が思慮するように問う。

半開きの瞼を擦《こす》っていた篤巳神は、何かを思い出したように「あ」と声を上げた。

「……悪い報《しら》せがある。話すのも面倒だが、聞きたいか……？」

常にやる気皆無な翡翠色の瞳が、ふいに冴《さ》えた金色《こんじき》に輝く。

怠惰の塊が、神としての本性を垣間見せた。微弱ながらも、篤巳神から緊張感を孕《はら》む霊気が漏れ出し、扶人は表情を改める。

「お前が直々に動いたとなれば、聞かぬわけにもゆくまい」

「では、遠慮なく話させてもらうが……悠灘《ゆうなだ》が、夜鶴《やづる》――葛紗神《くずさがみ》の管轄地で目撃された」

率直に告げられた内容に、扶人の思考が白く染《そ》まる。

予想を遥かに上回る、最悪な報せだ。

「蛍雪、それは誠か……？」

どうにか喉《のど》の奥から絞り出した声は、情けないことに掠《かす》れていた。

動揺を露《あら》わにする扶人に、篤巳神は真摯《しんし》な顔で頷《うなず》く。

「夜鶴が獅子《しし》の姿で、昼寝時の神廟に飛び込んできたのにも驚いたが……奴の名を聞いた瞬間、さすがの俺も眠気が吹き飛んだ」

「目的は、我か」

「……それ以外の理由で、あの女狐《めぎつね》が動くと思うか？　目撃された場所を考えると、お前の居場所はすでに知られているだろうな……。あぁ、面倒だ……」

脳裏を過《よぎ》ったのは、曼珠沙華《まんじゆしやげ》の打掛《うちかけ》を纏《まと》う妖艶《ようえん》な女。

最後に見た毒々しい笑みを思い出し、ぞわりと背筋が粟立《あわだ》った。

「ねぇねぇ。扶人ってば、また性質《たち》の悪い荒御霊に狙われてるの？　もしかして、臨時下僕の出番がきた？」

無邪気に心を浮き立たせる夏葉に、扶人は苛立《いらだ》たしげに前髪を摑《つか》む。

「荒御霊よりも、格段に性質の悪い相手だ」

「？　それって、新手《あらて》のなぞなぞ？」

意味が分からないと、夏葉は大きな目を瞬《しばたた》かせる。彼の傍らに座る綾も、僅かだが小首を傾《かし》げていた。

深く嘆息《たんそく》した扶人は、血を吐くように語る。

「悠灘は、神なのだ。女神《めがみ》でありながら、恵那の前世である東條千咲《とうじようちざき》の殺害を企《くわだ》て――邪神《じやしん》の烙印《らくいん》が押された」

「邪神、ですか――」

ぽつりと呟いた綾は、扶人の顔をジッと見つめて問う。

「扶人殿は、その悠灘という邪神に命を狙われているのですか？」

「いや……殺されはせんだろうが、奴の狙いは我自身で間違いなかろう。むしろ、危険を被《こうむ》るのは、千咲の生まれ変わりである恵那だ」

邪神と認定された神は、十三神から捕縛《ほばく》命令が下される。千咲の死後、辛《から》くもその追跡から逃《のが》れた悠灘は、長らく人前に姿を見せなかったが——長き潜伏《ひつじよう》期間を経て、再び現れた。

彼女が出現したとなれば、恵那の身に危険が迫るのは必定だ。

「あのさぁ。何だかワケありっぽいけど、扶人は前世の恵那ちゃんとどんな関係だったの？悠灘って女神様から狙われる理由も、さっぱり分かんないんだけど」

「……東條千咲は、扶人の初恋の相手。悠灘は、扶人に岡惚《おかぼ》れしていた女のことだ。……色恋沙汰など、面倒なだけだろうに……いつの世も、モテる男は辛いな」

「うわっ、そうだったの!?」

夏葉の上げた頓狂《とんきよう》な叫びに、扶人は眠たげな昔馴染みを睨《にら》む。

「蛍雪、余計なことは申すな」

「……私情を捨て、現状をよく見ろ。夜鶴から聞いたぞ。この堂の門下生である、恵那という娘が今の下僕なのだろう？　面倒なのは分かるが……彼女を守るためにも、身内にくらいは事情を説明するべきだ……」

鋭い眼差しで容赦なく切り返され、さすがの扶人も言葉に詰まった。

扶人から視線を外した篤巳神は、了承を得ることなく話を続ける。そんな彼に眉を顰《ひそ》めはしたが、扶人も黙って好きなようにさせた。

それは偏《ひとえ》に、愛《いと》し子の命を案じてのことだった。

あれは果たして、どれくらい前のことになるだろう。

千咲と出会う以前。単身で、諸国漫遊《しょこくまんゆう》の旅にあった頃のことだ。

安く酒が飲めるという呼び込みに騙され、遊郭《ゆうかく》に立ち寄った扶人は、そこで死にかけの娘と出会った。


「お前、闇に堕《お》ちるつもりか？」

荒御霊に通じる負の気配を感じ取り、何気《なにげ》なく覗《のぞ》いた物置の中。薄い布団に包《くる》まり、暗がりで震えていたのは、お京《きょう》という名の遊女だった。

骨と皮だけの痩身と血色の悪い顔から、病を患《わずら》っていることは一目瞭然《りょうぜん》だ。日常的に折檻《せっかん》を受けているのか、いたるところに痣《あざ》がある。落ち窪《くぼ》んだ両眼は、遣り場のない憎しみと悲しみに支配され、どんよりと濁《にご》っていた。

――この娘、放置すれば確実に荒御霊となる。

荒御霊は国にとって、百害あって一利もない存在だ。災いの芽は、未然に摘んでしまうに限る。神の性に衝《つ》き動かされた扶人は、お京の側にどっかりと胡坐《あぐら》をかいた。

「あんたも、あたしを殴りにきたのね……？」

「なぜ、そう思う」

「ここに来る奴らは、みんなあたしを殴るもの。こんな辛気臭《しんきくさ》い場所、それ以外の目的で入ってこないわよ」

喉をヒューヒューと鳴らしながら、お京はこれまで溜め込んできたものを、熱に浮かされたように吐き出し始める。

幼い頃に父親が借金を作り、花街に売り飛ばされた。取らされる客は酷《ひど》い男ばかり。先輩の遊女からも、「私の客を取った」と一方的な言いがかりを付けられ、陰湿《いんしつ》ないじめを受けた。

そんな悪辣《あくらつ》な環境下で、お京が心身共に病んだのは当然だろう。

「あたしをこんな目に遭わせた奴らが、憎い。同じ目に……いや、それ以上の目に遭わせてやりたい……っ」

怨言《えんげん》を口にするごとに、お京を取り巻く邪気《じゃき》が濃くなる。

生気を失った仄暗《ほのぐら》い瞳からは、命を削るように涙が溢《あふ》れ出した。

「怨《うら》みを抱えて臨終《りんじゅう》を迎えた魂は、この世で最も醜《みにく》い化け物になる。そうなって、憎い者たちに取り憑《つ》けば、お前の望みは容易《たやす》く叶えられるだろうが――復讐《ふくしゅう》を果たしたところで、空虚《くうきょ》な心は満たされはせぬ。血濡れた道を、延々と歩き続けるだけだ」

節くれ立った扶人の手のひらが、お京の瞼をそっと閉ざす。

淡い金色に輝きだした手から、扶人はゆっくりと霊力を流し込む。陽だまりのように温かな流れは、残酷な現実に圧《お》し潰《つぶ》されたお京の記憶を、優しく掬《すく》い上げてゆく。

「思い出せ。この世に生を受けてから、辛いことばかりだったか？　お前にも心安らぐ瞬間が、必ずあったはずだ」

「あ……」

「せめて最期《さいご》は、幸せな思い出と共に逝《い》け」

死に逝《ゆ》く彼女がどんな光景を見たのかは、扶人自身にも分からない。

それでも、お京の魂に巣食っていた邪気は薄まり――最期は穏やかな表情で、彼女は息を引き取った。


哀れな遊女の最期を看取り、三日が過ぎようとしていた。

「やっと見つけた！」

街道を歩いていた扶人は、背後から走ってきた娘に抱きつかれた。

娘の顔を見た途端、扶人は盛大に眉を顰《ひそ》める。肉づきが良くなり、瞳の色が黒から赤紫《あかむらさき》へ変わっていたが――彼女は紛《まぎ》れもなく、遊郭の物置で非業《ひごう》の死を遂《と》げた遊女のお京だった。

「あたしに優しくしてくれた男って、あんたが生まれて初めてなの！　だから、あんたと添い遂《と》げるまでは死んでも死にきれなくて、ついつい化けて出てきちゃった」

輪廻《りんね》の旅路に就いたかと思えば、お京は和御霊となり自分を追いかけてきた。

扶人からしてみれば、優しくした覚えなど一切ない。荒御霊になりかけた魂を、神として然《しか》るべき道に誘っただけだ。だが、日夜手酷い折檻を受けていたお京にしてみれば、それがこの上ない情愛に感じられたのだろう。

「これでも家事は得意だし、あんたの言うことは何でも聞く。どんなところにだって、文句を言わずに三歩下がってついて行くわ。絶対、あんたの邪魔にならないって約束するから、あたしをお嫁《よめ》さんにして」

恥ずかしげもなくそう言ったお京は、溌剌《はつらつ》と笑っていた。

だが、いきなり「嫁にしろ」と言い寄られ、おいそれと頷く扶人ではない。「迷惑だ」と端的に言い放ち、何事もなかったように先を急ぐことにした。

――しかし、お京も負けてはいなかった。

徹底的に無視しても、お京はしつこく扶人の周りをつきまとう。彼女から寝込みを襲われるのは、日常茶飯事。色仕掛けで迫られ、一服盛られかけたこともあった。

結局、お京の作戦はすべて失敗に終わり、彼女が得たのは「悠灘」という神名だけ。

神に昇格させ、土地神にしてしまえば追っては来られまい。そう考えた扶人は、お京をとある湖の守り神に据《す》えたが――彼女は平気で神の本分を放り出し、扶人を追いかけ続けた。

いくら扶人が邪険に扱っても、お京はがっちり食らいついて離れない。

そんな二人の奇妙な関係は、長いこと平行線を辿った。

その日、お京の追跡を撒《ま》いた扶人は、一人山中に分け入っていた。

予期せぬ荒御霊の襲撃を受けたのは、まさにその時だった。

山賊《さんぞく》のような身形《みなり》をして、斧《おの》を振り回す大男の姿をした荒御霊だ。

戦う術《すべ》を持たぬ扶人は、襲い来る荒御霊の攻撃をかわすことしかできない。敵の動きは素早く、足場も悪いことで、徐々に劣勢《れっせい》へ追い込まれていった。

こうなったら、夢幻桜《むげんざくら》の咲く空間へ逃げ込もうか。移動にはかなりの霊力を消費するが、荒御霊に大人しく喰われるのは癪《しゃく》だ。

扶人がそんなことを考えていると、不意に近くの藪《やぶ》から小柄な人影が飛び出してきた。

薄桃色の小袖《こそで》に、紺《こん》の袴《はかま》を纏う十代半《なか》ばの娘だ。身の丈《たけ》にも勝《まさ》る大太刀《おおたち》を振るい、彼女は荒御霊を一刀のもとに斬り捨てる。

浄化作業を終えた娘は、勇ましい戦いぶりからは想像もできないほど穏やかに、扶人へふんわりと微笑んだ。

「よろしければ、私を護衛に雇いませんか？」

開口一番での突拍子もない申し出に、さしもの扶人も肝を潰した。

呆然とする扶人の前で、娘は自分の荷物から取り出した羽織《はおり》に袖を通す。――それは、正式な修祓師に与えられる白羽織だった。

東條千咲と名乗った娘は、総社に籍《せき》を置く修祓師だという。

共に暮らす両親に政略結婚を仕組まれ、その身一つで家出をしてきたらしい。つまり、一文無しということだ。

初対面での千咲の印象は、〝奇妙な娘〟に尽きる。

しかし、彼女が戦う姿は息を呑むほど美しかった。

舞い散る白い桜吹雪《さくらふぶき》と共に、澄んだ楽《がく》の音《ね》が空から鳴り響く。まるで剣舞を見ているようだと、敵前であることも忘れて見入ったほどだ。

――もう一度、この娘が戦うところを目に納めたい。

純粋にそう思えたからこそ、扶人は二つ返事で千咲を下僕に任じた。

「どういうことなの、扶人！　あんな阿婆擦《あばず》れ女を下僕にするなんて、あたしは絶対に許さないんだから！」

千咲の下僕就任を知ったお京は、当然ながら烈火のごとく怒り狂った。

「あたしはこんなに、あんたを恋い慕《した》っているのよ？　それなのに、他の女を側に置くなんてあんまりじゃない！　あんた、誑《たぶら》かされてるだけなのよ！」

「口が過ぎるぞ、悠灘。我はお前を嫁にするつもりもなければ、千咲に課した下僕の任を解《と》く気もない。不満があるのなら、我が元から去れ」

「……あぁ、そう。扶人はあたしより、千咲って女を選ぶのね」

お京の美顔が、鬼女《きじょ》のごとく憎々しげに歪《ゆが》む。

怒りから霊力が漏れ出し、赤紫の瞳に金色の光が宿る。緩く波打つ黒髪も不穏《ふおん》に揺らめき、その姿は幽鬼《ゆうき》じみて見えた。

「いいわ、今は千咲にあんたの隣を譲ってあげる。——今は、ね」

地を這《は》うような声でそう言うと、お京は着物の裾《すそ》を翻《ひるがえ》してその場から立ち去る。

それからというもの、彼女は扶人の前に姿を見せなくなった。


千咲と二人旅を始めてから、それなりの月日が流れた。

戦う姿が美しいというだけで、安易に下僕へ任命したが——扶人は次第に、千咲の人柄にも惹かれていった。

楚々《そそ》とした容姿に似つかわしい品のある言動から、良家《りょうけ》の出身だと分かる。かと言って、世間知らずということはなく、意外にも値切り交渉が得意だった。野宿をしても文句を言うどころか、自ら寝ずの番を買って出る奇特者《きとくもの》だ。

女らしいが頼《たよ》り甲斐《がい》があり、清楚でありながら勇ましくもある。

扶人が国守りの神であることを打ち明けても、千咲は態度を変えるどころか、「そんな気がしていた」とさらりと事実を受け入れた。

「私は肩書きなんて不確かなものよりも、その人の中身を重視しているの。だって、たとえ国守りの神様だろうと、扶人は扶人に変わりはないでしょう？」

にこりと微笑んだ千咲に、それもそうだと納得する。同時に、型にはめ込むことが難しい彼女を、心底面白いと思った。

千咲自身に興味が湧いた途端、扶人は謎の動悸《どうき》に悩まされるようになった。

彼女が側にいると気分が軽く、姿が見えないと無性に苛立つ。指先が触れ合っただけでも、溶けた鉄に触れたような熱を感じ、胸の奥が疼《うず》くようにもなった。

――こんな風になったのは、生まれて初めてだ。

何気なく千咲に相談したところ、彼女は珍しく声を上げて大笑した。

「それはね、扶人。お医者でも温泉でも治せない病よ」

「我は神なのだ。病になど罹《かか》るものか」

思う存分笑った千咲は、目尻に浮く雫《しずく》を拭《ぬぐ》いながら頭を振るう。

「神様でも恋はするでしょう？　つまり、あなたの病名は〝恋患い〟よ」

指摘された直後は、馬鹿らしいと一蹴《いっしゅう》して認めなかった。だが、時を重ねるごとに僅かな可能性は、揺るぎない真実へと変わっていった。

千咲が笑うと、自分も嬉しくなる。彼女が悲しそうにしていれば、どうにか気持ちを晴らしてやりたいと望む。

悠久《ゆうきゅう》の時を生きてきたが、他者にこのような感情を抱いたのは初めてだ。

この気持ちに名前を付けるとしたら——やはり、千咲の言う通り「恋」なのだろう。

「ねぇ、扶人。私とあなたは、なんだか似ている気がするわ」

旅の途中、海を一望する丘で休憩《きゅうけい》していた時のこと。

穏やかに凪《な》いだ海原《うなばら》を見つめる千咲は、唐突に切り出した。

「立派な御殿《ごてん》があるのに、あなたも家出中なのでしょう？　国守りの神ともあろう御方が、そんなことをしても大丈夫なの？」

千咲は潮風に漆黒《しっこく》の髪を靡《なび》かせ、背後に立つ扶人を振り返る。

「我が御殿へ戻ると、困るのはお前ではないのか？」

護衛の給金の代わりとして、旅に必要な路銀は扶人の懐から出ている。小遣い程度の銭《ぜに》すら、千咲は受け取ることを拒否しているので、〝下僕〟という立場を失って困るのは、相変わらず無一文な彼女の方だ。

虚《きょ》を衝《つ》かれたように目を丸めた千咲は、やがてはにかむように微笑む。

「確かに、あなたに御殿へ戻られるのは困るわ。そんなことをされたら、御殿へあなたを攫いに行かなければならないもの」

思いがけない台詞《せりふ》に、今度は扶人が瞠目《どうもく》した。

千咲は悪戯《いたずら》が成功した子供のように笑い、清々《すがすが》しい青空を仰《あお》ぐ。

「やっぱり私は、何も間違っていなかった。好きでもない人の妻になるのが嫌で、無我夢中で家を飛び出したけれど、こうして心から愛せる人を見つけることができたわ」

「親泣かせな娘だな」

「私はその親に、家のことでずっと泣かされてきたのよ？　名門修祓師の家系に泥を塗るな、すべての分野で頂点に立て――って、耳にたこができるほど、何万回と聞かされたもの。子供を泣かせるような親には、親泣かせな娘で丁度いいのよ」

千咲はおどけるように肩を竦《すく》めたが、隠せない悲しみが黒曜石の瞳に滲《にじ》んでいた。

何か言おうと、扶人が口を開きかけた刹那《せつな》――凄《すさ》まじい悪寒《おかん》が背筋を駆けた。

「お久しぶりね、扶人」

無邪気さと狂気を孕《はら》んだ声に、ドクリと心臓が不快に脈打つ。

咄嗟《とっさ》に振り返るよりも早く、背後から伸びてきた白い手に頬を撫《な》でられた。

「お前は……っ！」

「寂しい思いをさせてごめんなさい。色々と準備に手間取ったせいで、迎えに来るのが遅くなっちゃった」

愕然《がくぜん》とする扶人の肩口にしな垂《だ》れかかったのは、派手に着飾ったお京――悠灘だった。

離別をしてから、彼女の身に何が起きたのだろう。本来、清浄であるはずの神の霊気は穢《けが》れ、邪気のように澱《よど》んでいる。負の感情が綯《な》い交《ま》ぜとなった霊気は、もはや触れる者の毒としかならない。

「扶人から離れなさい！」

穢れた霊気に呑まれかけていた扶人は、凛と響いた声に我を取り戻した。

大太刀の雪桜《ゆきざくら》を抜刀した千咲は、禍々《まがまが》しい気配を放つ悠灘に斬りかかる。鋭い太刀筋は、確かに悠灘の喉元を貫いた。――が、悠灘の身体は蜃気楼《しんきろう》のようにぐにゃりと歪む。

やがて、辺りには甲高《かんだか》い嘲笑《ちようしよう》が響き渡った。

「東條千咲、あんた何か勘違いしてない？　扶人から離れないといけないのは、あたしじゃないでしょう？」

幻覚が掻《か》き消えると、海を背にして悠灘の本体が現れた。

以前は明るい色合いの着物を好んでいたが、今の彼女は濃紺の着物を纏い、赤い曼珠沙華が咲く黒の打掛を羽織っている。緩く波打つ髪は豪奢《ごうしや》な花簪《はなかんざし》で纏められ、無邪気な娘だった頃の面影は、どこにも見当たらなかった。

「扶人が愛しているのは、あたしだけ。その銀糸のような髪も、低くとろける美声も、全部あたしの物なのよ。――だから、返してもらうわ」

陶酔するような微笑を湛え、悠灘は両手を打ち鳴らす。次の瞬間、寄り添う扶人と千咲を分かつように、研《と》ぎ澄まされた白刃《はくじん》が振り下ろされた。

悠灘に気を取られている隙《すき》に、背後へ白羽織を纏った男が迫っていたのだ。

「あなたは、古河《こが》家の……っ!!」

太刀を携えた男に、千咲は驚愕《きょうがく》の声を上げる。

古河家とは、修祓師界では名門の家系である。千咲の両親が進めていた縁談の相手こそ、次期古河家の当主となる、長男の十四郎《じゅうしろう》だった。

「なぜあなたが、このようなところにいるのですか！」

「それは愚問《ぐもん》だな。俺の愛しい花嫁を、迎えに来たに決まっているじゃないか」

十四郎が不敵に笑むと、項《うなじ》の毛がピリッと逆立つ。未然に危険を察知した扶人が、反射的にその場から飛び退くと、彼がそれまで立っていた地面に刃がめり込んだ。

先ほどの一撃は、手加減された警告だったのだろう。

今の太刀筋には、一切の容赦が無かった。

「やめて！　その人を――扶人を傷つけないで！」

悲鳴のような声で叫んだ千咲は、扶人のもとへ駆け出そうとする。そんな彼女の前に、霊気を練って作り出した刀を構える悠灘が、毒々しい笑みで立ちはだかった。

「さっき言ったこと、聞こえなかったの？　扶人はあたしの物なんだから、気安く名前を呼んだりしないで。虫唾《むしず》が走るわ」

「そんなこと、今はどうだっていいわ！　早く、そこを退《ど》いて！」

「嫌よ。あたしはあんたを捕らえて、十四郎の花嫁にするんだから。当然、十四郎が捕まえた扶人は、あたしの旦那《だんな》様になるのよ。――ね、素敵な計画でしょう？」

「……っ、そんなの狂っているわ！」

真横に薙《な》がれた悠灘の刃を、千咲は雪桜で弾き返す。

二人が斬り結ぶ後ろでは、扶人と十四郎が睨み合っていた。

「お前が、俺の千咲を騙して連れ去ったんだろう？　そうでなければ、千咲が俺から逃げるはずなんてない」

「責任転嫁は見苦しいぞ。千咲はお前との縁談が嫌で、家を飛び出したと言っていた」

「そっちこそ、負け犬の遠吠えはやめてもらえるか？　千咲が愛しているのは、この世で俺一人なんだ。屋敷に連れ帰ったら、二度と俺の側から離れられないように、座敷牢《ざしきろう》に閉じ込めてやろう。きっと、千咲も喜ぶはずだ」

くつくつと喉で笑う十四郎の瞳は、まさに狂人の〝それ〟だった。

「貴様は、千咲を籠《かご》の鳥にするつもりか？」

「あぁ、そうだとも。千咲は、この世で最も美しい鳥だ。主となる俺にだけ、その優美な姿を見せていれば幸せだし――お前だって、悠灘の籠に捕らわれた方が甘美な夢に浸《ひた》れる」

ヒュッと斬り上げられた刃が頬を掠め、熱い鮮血が頬を伝う。

痛みを感じるよりも、腸《はらわた》が煮え返るような憤《いきどお》りに、扶人は身が焦げる思いをした。

金で作られた籠に入れられても、鳥は死ぬまで孤独と共にある。都の御殿で暮らしていた頃の、自分と同じように――。

「徒人《ただびと》風情が、驕《おご》るのも大概にするのだな」

「……なんだと？」

「我を捕らえられるものなら、やってみるが良い。龍を飼い慣らす檻《おり》など、この世のどこにもありはせんがな」

神の力を解放して、扶人は白龍《はくりゅう》の本性を現そうとする。

――だが、彼が龍と化す直前に、千咲の苦しげな声を聴覚が拾った。

「千咲っ⁉」

血相を変えて扶人が振り返ると、悠灘と対峙《たいじ》していた千咲は、光の鎖《くさり》で身体を拘束されていた。

苦悶《くもん》の表情で身を捩《よじ》る、最愛の娘の姿に思考が凍る。

「どこへ行くんだ？　お前の相手は、俺だろう？」

「……っ！」

千咲を救いに向かおうとした扶人は、髪を強く引かれて呻《うめ》き声を漏らす。肩越しに睨んだ先には、長い白髪《はくはつ》を掴んだ十四郎がせせら笑っている。

国守りの神が司るのは、〝授《さず》ける力〟だ。己の属性に反する行為――他者を傷つけたり、何かを奪い取る行為は、危機的状況下でも魂が許さない。

――万事休《ばんじきゅう》すか。

ギリッと歯嚙《はが》みした扶人の鼓膜《こまく》を、千咲の悲痛な叫びが震わす。

「十四郎様、おやめください！　私を嫁に欲しいと仰《おっしゃ》るならば、言う通りに致します。座敷牢に繋《つな》いでくださっても構いません。だから、扶人だけは逃がしてあげて！」

これほど切迫した千咲の声は、今までに聞いたことがなかった。

彼女はまさに、女傑《じょけつ》と呼ぶに相応《ふさわ》しい。

どんな荒御霊が相手でも、怯《ひる》む事なく凜然と立ち向かう。そんな千咲が、死にも勝る屈辱を堪《こら》え、命より重い矜持《きょうじ》を捨て去った。

形振《なりふ》り構わず敵に情けを乞《こ》う千咲の姿は――弱く儚《はかな》い、ただの娘に見えた。

「……気に、食わないな」

扶人の髪を握り締めた十四郎は、鼻面に皺《しわ》を寄せてぼやく。

「なぁ、千咲。この男がそんなに大事なのか？　お前を守りもせず、口ばかり立派な木偶《でく》の坊《ぼう》だろう？」

「違うっ！　扶人は私に、掛け替えのないものを沢山《たくさん》与えてくれました。私のことは何と言ってくださっても構いませんが——私の愛する人を、それ以上悪く言うのは許さない！」

真珠のような涙を散らし、千咲は喉が裂けんばかりに絶叫する。

刹那。十四郎の血走った目が執念と憤怒《ふんぬ》に染まり、太刀がゆっくりと振り上げられた。

「……どうやら、こいつが生きている限り、お前の心は手に入らないようだ。それなら、俺がこの手で殺してやる。絶望が魂に焼きつくよう、千咲、お前の目の前でな……っ！」

「や、やめてぇ————っっ!!」

身を切るような千咲の悲鳴に次いで、光の鎖が砕ける音が響く。

自力で悠灘の術を破った千咲は、振り下ろされる凶刃《きょうじん》の前へ飛び出した。

「な……っ!?」

華奢《きゃしゃ》な白羽織の背中が、扶人の見開かれた視界いっぱいに映し出される。次の瞬間、無情にも振り下ろされた刃は、千咲を袈裟《けさ》掛けに斬り捨てた。

花弁のように飛び散った鮮血に、扶人の世界から色という色が失われる。

「千咲！　しっかりせぬか！」

ぐらりと倒れ込んできた身体を、震える腕で抱きとめる。

「う、嘘だ……」

千咲を斬り裂いた刃を、十四郎は視点の定まらない目で見下ろす。

蒼白になった彼は、あろうことか千咲を責めだした。

「どうしてだ、千咲！　俺はこんなに、お前を愛しているというのに——それなのに、なぜそんな男を身を挺《てい》して庇《かば》う⁉」

「……っ、愚問ですね。扶人こそ、私が生涯を懸《か》けて愛する人だからですわ……」

軽く咳き込んで吐《と》血《けつ》しながらも、千咲は掠れ声を振り絞る。

千咲の揺るぎない答えに、十四郎はついに気がふれて絶叫を上げた。ひどい錯乱《さくらん》状態に陥った彼は、尚《なお》も扶人を斬り殺そうと足掻《あが》く。

傷口が広がるのも構わずに立ち上がり、千咲はその攻撃を雪桜で弾く。

「……扶人を、傷つける者は……誰であろうと、この私が許さない……っ！」

血に染まりゆく白羽織を海風に翻し、千咲は決死の眼光で十四郎と対峙する。

「う……あ、あああぁぁぁぁ——っっ‼」

愛する娘の刺すような眼差しに、十四郎は髪を振り乱しながら悲鳴を上げる。彼は太刀の刃を直に逆手で持つと、自らの腹部へ切っ先を当てがった。

深々と腹を貫いた刀身。絶え間なく響いていた絶叫が、はたりと聞こえなくなる。十四郎が自害すると、千咲の身体からも力が抜け、再び扶人の腕の中へと倒れ込んだ。

追い風に打掛をはためかせる悠灘は、瀕死の千咲を胸に抱く扶人へ手を差し伸べる。

「さぁ、扶人。邪魔者はいなくなったわ。あたしと一緒に旅の続きをしましょう？」

狂女の無邪気さに、底知れない怒りが込み上がる。

漆黒の瞳に金色の光を灯《とも》し、扶人は龍が唸るように言葉を紡《つむ》ぐ。

「我の隣に立つことを許したのは、東條千咲ただ一人。その命が失われようとも、これまでも、この先も、我は千咲の御霊《みたま》のみを愛する」

「……何ですって？」

悠灘を取り巻く穢れた霊気が、主の怒りに呼応して濃度を増す。

しかし、それも一瞬のことだった。

扶人の解放した強大な霊力が、津波のごとく悠灘を呑み込む。呼吸すらままならぬ霊力に気《け》圧《お》され、悠灘の霊気の放出が止まった。

「神格を剝奪《はくだつ》されたくなくば、今すぐ我の前から失せろ」

その一言に、悠灘の顔から表情が消えた。

国守りの神が、唯一奪える命——それは、己が神へと昇格させた者の命だ。

きつく唇を嚙み締めた悠灘は、射殺《いころ》すような眼光で千咲を睨むと、やがて何も言わずその場から姿を消した。

肌に纏わりつくような、禍々しい気配を残して——。

「――と、いうわけだ」

一通りの説明を終えた篤巳神は、げんなりとため息をつく。

過去の回想に耽《ふけ》っていた扶人も、思考を切り上げて閉じていた目を開けた。

普段の蛍雪は、異様に口数が少ない。理由は「喋ると疲れるから」だ。そんな彼が、この短時間で約三年分くらいは喋った。

総社の大宮司《だいぐうじ》が知れば、狂喜乱舞するほどの奇跡だ。

「ボク、子供だからよく分かんないけど……大人の世界って、色んな怖いことがあるんだね」

想像を絶する扶人の昔話に、夏葉はぶるりと背筋を震わす。

「悠灘もそうだけど、十四郎って人もおかしくない？　千咲さんは扶人が好きだから、一緒にいたんでしょう？　フラれたのは明白なんだし、男なら潔《いさぎよ》く身を引くべきだと、ボクは思うけどなぁ～」

唇を尖《とが》らせてしょげる夏葉の頭を撫で、綾は落ち着いた声で語る。

「恋とは、時に人を狂わせるものだ。悠灘も古河十四郎という男も、良くも悪くも一途すぎたのだろう。最初は淡い恋心でも、時を重ねる毎に想いは肥大してゆく。その結果、激情と化した愛情を制御《せいぎょ》できず、暴走させてしまったのだな」

「んー、やっぱりボクには理解できないかも……」

「他者の幸せを願える者には、解《げ》せぬ感情だ。無理に理解する必要はない。しかし――その悠灘という女神も、未だに扶人殿をつけ狙うとは、空恐ろしい限りだ」

無表情で呟いた綾に、篤巳神も冷めた茶を啜りながら頷く。

だが、扶人だけは得心《とくしん》ゆかぬ心持ちでいた。

「蛍雪。悠灘はすでに、我の所在を突き止めておるのだな？」

「……おそらく、な」

だとすると、恵那の存在もとうに知られているだろう。

その上で悠灘が現れたということは、既に何らかの策略が動き出しているはずだ。

千咲を亡くした際、正気を保てずにいた自分が憎い。あの時点で、悠灘から神格を剝奪していれば――と、悔やまれる。

「狐《きつね》を本性に持つだけあり、狡賢《ずるがしこ》い女だ。我と相対すれば、神格を剝奪されると承知しておるだろう。直接、手を出せぬとなれば……」

他者を介して事を進める必要がある以上、協力者がいると考えた方が妥当だ。

「あぁ、そうだった……」

茶を飲み干した篤巳神は、思い出したように口を開く。

「面倒なことに……夜鶴の調べでは、今回も古河十四郎が加担しているらしいぞ……」

「馬鹿者！　そのように重要なことを、なぜもっと早く言わなかったのだ!?」

「忘れていたのだから、仕方ないだろう……」

扶人の叱責《しっせき》もなんのその。篤巳神はしれっと開き直る。

悪びれない昔馴染みの態度に、扶人が小刻みに拳《こぶし》を震わせていると、「でもさぁ～」と夏葉が口を挟んだ。

「古河十四郎って人、千咲さんを斬った後に自害したんだよね？　だったら、生きてるわけないじゃん……って、あれ？」

夏葉は妙な違和感から、自分の言葉に首を傾げる。やがて彼は、一つの可能性を導き出したらしく、「まさか」と大きく目を瞠った。

空になった湯呑みを置き、篤巳神は「お前の想像通りだ」と告げる。

「……古河十四郎は死後、荒御霊となっている。実に、面倒な事だ……。通り名は確か、百《ひゃく》面鬼《めんき》と言ったか……？」

「百面鬼だと!?」

普段の取り澄ました様子が嘘のように、扶人は動揺した声で叫んだ。

迷惑そうに耳を押さえた篤巳神は、「……どうした？」と気怠げに尋ねる。

「蛍雪、我を乗せて走れ」

「……意味が分からん。理由を話せ」

「恵那が実戦試験に出ている。その浄化対象が、百面鬼という荒御霊だ」

もどかしさを堪えて扶人が口早に説明すると、篤巳神の翡翠色の双眸《そうぼう》が眇《すが》められる。

「……先手を打たれたか……」

苦々しく呟いて立ち上がった篤巳神は、瞬時に銀狼へと変じた。その背にひらりと跨《また》がった扶人は、縁側に座る綾と夏葉へ手短に命じる。

「我は蛍雪と共に、恵那を連れ戻しに行く。お前たちはこの場から離れるな」

扶人が言い終えるや否や、銀狼は地面を蹴《け》って力強く駆け出す。

こんなことになるのなら、無理にでも試験に同行するべきだった。よもや悠灘が、このような手段を講じてくるとは――何から悔やんでよいのか、分からなくなる。

(国守りの神が、聞いて呆れる)

愛する娘一人守れず、どうして一国を守護できるだろう。神でありながら、自分はあまりに無力だ。守るどころか、己の手落ちで恵那を危険な目に遭わせているではないか。

――神が祈るべき存在など、知らない。

それでも扶人は、恵那の無事を一心に祈り続けた。

頭上を覆う梢《こずえ》から、赤や黄に色づいた葉が絶え間なく降ってくる。

（おかしいわね……）

恵那は密かに眉根を寄せ、辺りの様子を窺《うかが》う。

息子を攫われた青年と共に、魔性の森を探索すること一刻半。落ち葉の絨毯《じゆうたん》の上を、休み無く歩き続けているが、未だに百面鬼の気配は感知できなかった。

一度足を踏み入れたら最後、二度と出て来られない。そんな大層な言い伝えも、どうやら眉唾物《まゆつばもの》だったようだ。

歩き回っている内に、恵那は自然と道順を覚えてしまった。

（この道を通るのも、五回目だわ）

西の空が、微かな茜《あかね》色に染まりだしている。秋の日暮れはつるべ落とし。あっという間に太陽は沈み、宵闇《よいやみ》が世界を包む。

夜は視界が利かず、障害物の多い森の中での戦闘では不利だ。

「あの、非常に申し上げ難いことなんですけど……」

恵那は先を行く青年に、おずおずと声をかける。下手に刺激して暴走されないよう、慎重かつ控えめに――。

「可愛い息子さんを心配する気持ちは、よーく分かります。けれど、もうすぐ陽が暮れてしまうので……今日の捜索は、この辺で切り上げませんか？　いえ、決して息子さんを見捨てるわけではありませんよ？　明日、改めて捜すということで……」

「なぜですか？」

「え」

唐突に立ち止まった青年は、恵那を振り返って首を傾げた。

寒風が吹き抜け、木々が一斉にざわめく。幻想的に落ち葉が舞い散る中、恵那は足元に大穴が開いているかのような、凄まじい不安と危機感に襲われた。

（なんなの、この人……っ）

雰囲気が一変した青年に、恵那はじりじりと後退《あとずさ》る。

「折角二人きりになったのに、どこへ行こうとしているんだ？」

「――ッ⁉」

雪桜を握るのとは逆の手を、青年から強引に掴まれた。

扶人の手は温かいのに、この手はなんて冷たいんだ。生理的な嫌悪から振り解《ほど》こうとするが、それよりも先に、恵那は強い力で青年の胸に抱き込まれてしまう。

「ようやく手に入れた。俺の愛おしい、千咲……」

抱き潰されそうな締めつけに、恵那はくぐもった声で呻く。

脳裏では、危険を知らせる警鐘が鳴り響いている。

青年は今、恵那を「千咲」と呼んだ。本名すら名乗ってもいないのに、どうして彼女の前世の名前を知っているのだろう。

「あんた、いったい何者なの!?」

精一杯の虚勢《きょせい》を張り、恵那は怒鳴るように問う。すると、青年は薄ら笑いの浮かぶ顔を、指先でそろりと撫でた。

次の瞬間、青年の輪郭《りんかく》がぐにゃりと歪んだ。

「初歩的な手段に、引っかかってくれましたわね」

地味な青年の顔が、若い娘の顔に変わる。ころころと鈴を転がすように笑う、泣き黒子《ぼくろ》が印象的な彼女は——人喰《ひとく》い鬼の噂《うわさ》を教えてくれた、村娘ではないか。

眦《まなじり》が裂けんばかりに目を見開いた恵那に、再度娘の輪郭がぐにゃりと歪む。

次に形成されたのは、見目麗《みめうるわ》しい男の顔だった。

「あぁ、可愛い千咲。俺のことを忘れてしまったのかい？」

恵那の頬に触れた冷たい指先が、顎《あご》まで一撫でする。

かつて、これほどの悪寒を経験したことはない。痙攣《けいれん》するように身を震わせた恵那は、無我夢中で男の胸を突き飛ばした。

「私は恵那よ！　千咲なんて名前じゃないわ！」

後方へ飛び退きながら叫び、雪桜の刀身を解放する。

よく見ると男は、正修祓師が着用する白羽織を纏っていた。しかし、その白羽織は血飛沫《ちしぶき》で汚れ、赤い双眸は禍々しく輝いている。

濃密な邪気が辺りに満ち、恵那は憎々しげに奥歯を噛み締めた。

「あんたが、百面鬼だったのね……っ」

「おや。昔のように愛らしい声で、〝十四郎様〟と呼んではくれないのか？　さては、迎えにくるのが遅れたせいで、臍《へそ》を曲げているのだな」

辻褄《つじつま》の合わないことばかり口にして、百面鬼はうっそりと笑む。

彼は出会った当初の扶人のように、自分に千咲の面影を重ねている。――否。最初から、彼の目に〝恵那〟など映ってはいない。

（こいつ、完全に私を千咲さんだと思い込んでるわ）

百面鬼と千咲の関係など、知る由もない。ただ、肌に纏わりつく粘着質な邪気は、明らかな狂気を孕んでいた。

心ではない、魂が痛いくらいに叫んでいる。

この男にだけは、近づくな――と。

（それでも、私は逃げるわけにはいかない……っ！）

今は、大切な実戦試験の最中。敵の術中にはまろうとも、一人前の修祓師になるためには、試験に合格する必要がある。

それに、敵前逃亡なんて修祓師としての矜持が許さない。

「十四郎だか十姉妹《じゅうしまつ》だか知らないけど、正体を明かしてくれて助かったわ。すぐに浄化してやるから、覚悟しなさい！」

雪桜を静かに構え、恵那は攻撃態勢に入った。

百面鬼は、武器を手に取る素振《そぶ》りを見せない。こちらの力を侮っているのだろうが、今はそうやって油断しているがいい。

――攻め入るには、好機だ。

「いけませんね、恵那さん」

落ち葉を踏み締める音に交じり、聞き覚えのある声が背後から響く。今にも百面鬼に斬りかかろうとしていた恵那は、その声に緊張の糸を緩めてしまう。

振り返るとそこには、悠然と微笑む伊之助が立っていた。

「目の前の敵に集中することは、大切なことです。しかし、周囲の警戒を怠ってはいけませんよ？　思わぬ伏兵《ふくへい》が、すぐ側に潜《ひそ》んでいるかもしれません」

「……いの先生？」

試験中は不測の事態が起こらぬ限り、教師の手助けは禁じられている。無論、生徒へ助言することも規則違反だ。

疑念から眉を曇らせた恵那へ、伊之助の右手が翳《かざ》される。

「五行の掌・金気《ごんき》——塞錠封縛《さいじょうふうばく》」

伊之助が言霊《ことだま》を唱えた刹那、恵那の身体が跳ねるように大きく震えた。

(な、なんで……？)

指一本動かすどころか、瞬きすらできない。躍起《やっき》になって動こうとするが、手から雪桜が滑り落ちただけで、呼吸するのも精一杯だ。

掌術《しょうじゅつ》で身動きを封じられた恵那に、伊之助はゆっくりと歩み寄る。

「あなたに怨みはありませんが、これも、私の積年の願いを叶えるため……」

目の前に立った伊之助の表情は、西日を反射する眼鏡《めがね》のせいで分からない。

「すみません、恵那さん」

どうして先生は、こんな悲しそうな声で謝るのだろう。この状況も、彼が何を言っているのかも——何一つ、理解することができない。

やがて首筋に衝撃が走り、恵那の意識は深い闇へと落ちた。

第三章　失われる希望

祥泉堂《しょうせんどう》の、客間前の濡《ぬ》れ縁《えん》。

朝焼けに白《しら》む空を、扶人《ふひと》は険《けわ》しい面差《おもざ》しで見つめていた。

「面倒なことになったが……これから、どうする？」

柱に身を預けて立つ篤巳神《あつみがみ》は、眠そうな半眼《はんがん》で気もなく問う。

扶人は傍《かたわ》らに置いた雪桜《ゆきざくら》の鞘《さや》を撫《な》で、瞼《まぶた》を閉ざして自虐《じぎゃく》的に笑《え》んだ。

「恵那《えな》が人質に取られた今、我の出す答えは決まっておろう」

銀狼《ぎんろう》となった篤巳神の背に乗り、緑水村《りょくすいそん》に辿《たど》り着《つ》いたのは日没の直後だった。

微《かす》かな霊気を辿り、縋《すが》る思いで恵那の姿を探した。しかし、発見できたのは退魔具《たいまぐ》の雪桜だけで――彼女は引率《いんそつ》していた逢見伊之助《おうみいのすけ》と共に、忽然《こつぜん》と姿を消してしまった。

扶人の諦めを含んだ口振りに、篤巳神の眉が小さく顰《ひそ》められる。

「……お前、国を捨てるつもりか？」

「それは、悠灘《ゆうなだ》の出方次第だな」

夜明け前の冴《さ》えた空気で、肺腑《はいふ》を満たす。心の乱れもようやく落ち着きを見せ、扶人はそっと目を開けた。

彼の漆黒《しっこく》の瞳には、東雲《しののめ》色に染《そ》まる空が映る。

神としてこの世に生を受け、幾度の夜明けを見てきたことか。その中でも、今日の黎明《れいめい》は特別眩《まぶ》しく感じられ、扶人は思わず目を背けた。

「おそらく悠灘は、恵那の命と引き換えに我を望むだろう。捕らえられた後は、あの女の得意とする幻術《げんじゅつ》で自我を奪《うば》われ、生きた人形にされるはずだ。それでも――恵那が助かるならば、この身を差し出そうと思う」

「……たった一人の娘のために、国を犠牲《ぎせい》にするとは……お前も大概《たいがい》、面倒な奴だな」

「国守りの神にあるまじき暴挙だと、自覚はしておる。だが、我が恵那を見捨てたところで、結果は変わらぬだろう」

「……恵那さんが死した瞬間、お前は再び、神の力を暴走させるだろうな。あぁ、面倒だ……」

呆れ交じりに嘆《なげ》き、篤巳神は欠伸《あくび》を嚙み殺す。

千咲《ちざき》がこの世を去った日、彼女の死を惜しむように、那国《なこく》の各地では大規模な災害が続発した。深い絶望に心折られた扶人が、神の力を暴走させたからだ。

「我が守りたいと望む国は、恵那の生きる国だ。たった一人とはいえ、恵那を喪《うしな》った国など守る価値が見出せぬ」

「……随分と、私情に塗《まみ》れた神意だな……」

「何とでも言え。我はあくまで、事実を申したまでだ」

遅かれ早かれ、悠灘は扶人の身柄を要求してくる。

国を選んで要求を拒めば、あの女は平然と恵那を殺すだろう。恵那が死すれば、失意に呑まれた扶人は乱心して、守ると決めた国まで沈める。

――どうせ同じ結末を迎えるならば、恵那の命を救いたい。

これは神としてではなく、扶人というただの男が抱いた、嘘偽りのない願いだった。

「……まぁ、そこまで悲観するな。励《はげ》ますのも面倒だ……」

気怠《けだる》げに後ろ頭を掻《か》き、篤巳神は「例えば……」と続ける。

「悠灘の手に落ちたところで、あいつはお前を後生大事に側《そば》へ置くだろう。……殺されるわけではないのだ。故《ゆえ》に、すぐさま国が滅びることはない……」

「だが、我が自我を奪われた場合、悠灘の命令次第で何が起こるか分からぬぞ」

悠灘の要求に応じる覚悟は、とうにできているはずだが――やはり自分は、一国の守りの神なのだと実感する。

恵那を選ぶと決めて尚《なお》も、国の行く末が気に掛かった。

「頼む、蛍雪《けいせつ》」

扶人から深く頭を下げられ、篤巳神の目がゆっくりと瞠《みは》られる。

「恵那が助け出された後、自我を奪われた我が悠灘の命を受け、他者に害成す事態に陥《おちい》ったならば——十三神に召集をかけ、我を再度夢幻桜《むげんざくら》へ封じてくれ」

自我を失えば、己《おのれ》の行動を制御《せいぎょ》することはできない。

悠灘の人形にされるだけなら、まだ我慢できる。しかし、その人形遊びで他者に害が及ぶようなら、自分のような危険な存在は、二度と外界へ出ない方がいい。

「……それは、本気で言っているのか……？」

「お前にしか、頼めぬことなのだ」

空よりも矜持《きょうじ》が高いことで有名な昔馴染《むかしなじ》みが、初めて他人《ひと》に頭を下げた。

驚きから瞠目《どうもく》した篤巳神は、やがて大仰《おおぎょう》に嘆息《たんそく》する。

「耄碌《もうろく》したな、扶人……」

すっと視線を空へ流した篤巳神は、やる気のない半眼に戻ってぽりぽりと頬を掻く。

「……悠灘の傀儡《かいらい》と化したお前を、どうやって封印しろと言う？　この上なく面倒だし、お前に近づいた瞬間、俺たちの神格が剝奪《はくだつ》されるじゃないか……」

「それを何とかするのが、お前の役目だろう」

「無理だし、面倒だ」

きっぱりと言い切った篤巳神は、くあっと小さく欠伸をする。

こんな時ばかり、反応が素早いなんて。渋面《じゅうめん》で低く唸《うな》る扶人に、篤巳神はどこか不機嫌そうに腕を組む。

「……昔から、俺にばかり面倒事を押しつけるのは嫌がらせか？　お陰で昼寝も儘《まま》ならず、甚《じん》大《だい》な迷惑を被《こうむ》っているぞ……」

「我が封印に就《つ》きさえすれば、昼寝し放題になろう」

「……馬鹿を言え。国守りの神が不在となれば、それだけで国情が揺らぐ。俺は、総社《そうじゃ》の御神体として陣頭指揮を取らされ、余計に昼寝の時間が削られる……」

それに——と、茫洋《ぼうよう》とした翡翠《ひすい》の瞳が、葉の落ちかけた庭木を眺める。

「命懸《いのちが》けで、お前を封印するくらいなら……お前と恵那さんが助かる術《すべ》を探す。その方が、同じ面倒でもまだマシだ……」

「何か、当てでもあるのか？」

「……そんなものはない。だが、一か八かでお前を封じるよりも得策だろう。……すべて終えた暁《あかつき》には、最高級の安眠枕でも寄越《よこ》せ。そして俺は、自堕落生活を満喫する……」

万年寝太郎のくせに、穿《うが》ったことを言いおって。

相変わらず眠たそうな横顔に、扶人は僅《わず》かに目元を緩《ゆる》めた。怠惰《たいだ》で寝汚《いぎたな》い男ではあるが、篤巳神ほど律儀《りちぎ》な神は他にいない。

「枕だけでは物足りんだろう。最高級の、羽毛布団も付けてやる」

冗談めかして笑った扶人に、篤巳神も微かに頬を和《なご》ませた。

眠れる銀狼が目覚めれば、不可能をも可能に変わる。有言実行の篤巳神だ。一度「やる」と言えば、必ず実行してみせる。

——これで、不安の種が一つ消えた。

恵那から貰《もら》った煙管《きせる》と煙草《たばこ》入れの入った懐《ふところ》を押さえ、扶人は軽く息を吐く。そして彼は、おもむろに濡れ縁から立ち上がった。

「いつまで隠れておるつもりだ」

庭の中ほどまで歩み出た扶人は、どこへともなく声をかける。次の瞬間、朝靄《あさもや》の中から白羽《しろば》織《おり》の裾《すそ》を翻《ひるがえ》し、伊之助が悠然と歩み出てきた。

眼鏡《めがね》の位置を直す彼は、普段と変わらぬ微笑を湛《たた》えていた。

「さすが、扶人殿です。気づいておられたのですね」

胡散臭《うさんくさ》い仮面のような笑みに、扶人の双眸《そうぼう》が剣呑《けんのん》に眇《すが》まる。

「気配を消そうともせずに、よく言うわ。——可愛い教え子を裏切り、さぞかし気分がよかろうな？」

「……扶人。気持ちは分かるが、落ち着け……」

珍しく語気を荒らげる旧友を、篤巳神は冷静に宥《なだ》める。

扶人も深く息を吐き、苛立《いらだ》ちを鎮《しず》めようと試みた。だが、恵那を拐《かどわ》かした男が目の前に立っているだけで、激情は鎌首をもたげようとする。

「扶人殿は、私が敵に利用されているとは思わないのですね」

平然とそう尋ねてくる伊之助に、扶人は吐き捨てるように言う。

「他者の傀儡《くぐつ》が、そのようにふてぶてしく笑えるものか。以前から、腹に一物《いちもつ》ありそうだと踏んではいたが、我に反旗を翻すとは大それたことをしたものだな」

恵那が消えた森の中は、不自然なほど整然としていた。

雪桜が落ちていたということは、下げ緒《さげお》が解《と》かれていたことを示す。武器を手にしていた恵那が、何もせずに連れ去られるはずがない。負けん気が強い彼女のことだ。拉致《らち》されるにしても、死に物狂いで抵抗するだろう。

争った形跡がなかったということは、顔見知りが関与している何よりの証拠だ。

(優男《やさおとこ》のような面《つら》をして、食えん男だ)

恵那は幼少の頃、住んでいた村を荒御霊《あらみたま》の集団に襲われた。その際、両親を失った彼女の窮地《きゅうち》を救ったのが、教師になる前の伊之助だったと聞いている。

一度は救った命を、何故《なにゆえ》また危険に晒《さら》す？

慕《した》われていた生徒を罠《わな》にかけ、どうして笑みを崩さずにいられるのだ。

――神の性《さが》に縛《しば》られていなければ、その澄ました横っ面を殴り飛ばしていただろう。

「先ほど、夜鶴《やづる》から興味深い文《ふみ》が届いてな。葛紗《くずさ》神社では、今回の実戦試験の申請を受けつけてはおらんそうだ」

緑水村から祥泉堂へ引き返す途中、扶人は葛紗神社に立ち寄っていた。

恵那の受けた試験内容は、明らかに他者の手によって改竄《かいざん》されている。悠灘の協力者を特定するため、葛紗神に試験課題を用意した者を探らせたのだが——改竄以前に、試験の申請すら行われていなかった。

「お前は偽の試験をでっち上げ、恵那と我を引き離した。あいつを連れ去るため、百面鬼《ひゃくめんき》に力添《ちからぞ》えしたのもお前だな?」

「すべては御想像にお任せ致します。私はただ、長年求め続けてきたものを手にするため、悠灘様に協力しているだけ」

「己の欲望を満たすため、生徒を犠牲にするなど言語道断《ごんごどうだん》だ。それでも貴様は聖職者か、恥を知れ!」

平常心を保とうとするが、語気は自然と強くなる。

これまでにない威圧感を放つ扶人は、金色《こんじき》に輝く瞳で伊之助を睨《ね》めつけた。殺気立った氷のような眼光に、伊之助は怯《ひる》みもせず穏やかに笑む。

「聖職者がなべて、無欲であるとは限りませんよ。所詮《しょせん》、私も欲深き人の子。自分が一番可愛いのでしょうね」

「貴様……ッ」

腹の奥底が煮え滾《たぎ》るように熱い。骨の髄《ずい》まで焦げそうな怒りに、扶人の足元から膨大な霊気が溢《あふ》れ出し、大気が畏怖《いふ》するように震えた。

傍観に徹する篤巳神は平然としているが、徒人《ただびと》に過ぎぬ伊之助にとって、これほど濃密な霊気は毒でしかない。

「怒りをお鎮め下さい。私が倒れなどすれば、お困りになるのは扶人殿ですよ」

身体を圧《お》し潰《つぶ》さんばかりの霊気に、薄《う》っすらと冷や汗を滲《にじ》ませながらも、伊之助はあくまで余裕に振る舞う。

訝《いぶか》しげに片眉を顰めた扶人は、理性を総動員して霊力の放出を止める。

「どういう意味だ？」

背筋を震撼《しんかん》させる、警戒心を剝《む》き出しにした声で扶人は問う。

霊気の圧力から解放された伊之助は、軽く息を整える。彼は額にはりついた前髪を払うと、改めて柔和《にゅうわ》に微笑んだ。

「悠灘様の御意志をお伝えします。恵那さんの命を救いたくば、私と共においでください。ちなみに、扶人殿が要求を拒むだけでなく、私が今日中に戻らぬ場合も、恵那さんは殺されてしまいますのであしからず」

「よかろう。貴様と共に、参ろうではないか」

ただし、と扶人は凄《すご》むように付け加える。

「契約が反故《ほご》されぬか見届ける、第三者の同行を要求する」

「それは受け入れられません。悠灘様からは、〝扶人殿だけ〟お連れするよう申し付けられておりますから」

「……諦めろ、扶人……」

おもむろに口を挟んだ篶巳神は、目を閉ざしたまま言葉を紡《つむ》ぐ。

「お前に与えられた選択肢は、二つ……そいつについて行くか、行かないかだ。それ以外の返答を、あの女狐《めぎつね》が許すと思うか……？」

眠たそうな声で窘《たしな》められた扶人は、チッと舌打ちする。

篶巳神の言う通りだ。ごねたところで、選択肢が増えることはないだろう。勝手に第三の答えを作り出せば、その瞬間に恵那の死は確定する。

気を抜くと高ぶりかける怒りを鎮めるため、扶人は一度だけ大きく深呼吸をした。

「蛍雪、後のことは任せたぞ」

与えられた選択肢は二つだが、この手に掴《つか》むべき答えは最初から決まっていた。

人と神という種族の間には、決して越えられぬ「寿命」の壁がある。

どれほど深く愛し合おうとも、人は神を残して先に逝《い》く。

そうと分かっていても、扶人は恵那を愛さずにはいられなかった。

(まったく、困った下僕《げぼく》だ。我を子供扱いしておきながら、お前の方がよっぽど、危なっかしくて目が離せんではないか)

頑固で意地っ張りな、愚《おろ》かなまでに心優しい娘。出会ってから半年しか経っていないが、この命は幾度も彼女に救われた。

悠灘の手中に落ちれば、二度と恵那の隣に立つことは叶わない。

それでも、彼女の命が助かるならば、甘んじて〝神としての自分〟を殺そう。

守護すべき国を手放し、己を信仰する民を裏切ったとしても——ただの男として、守りたいものを再び見つけたのだ。

「では、悠灘様のもとへご案内致します」

芝居がかった仕草で、伊之助が行き先を示す。

朝陽《あさひ》に目を細めた扶人は、無言で重い一歩を踏み出した。


頬をなぞるザラリとした感触に、意識が浮上する。

「う、ん……っ」

重い瞼を押し上げると、蜘蛛《くも》の巣と煤《すす》塗《まみ》れの天井《てんじょう》が見えた。吸い込んだ空気は埃《ほこり》っぽくて、恵那は思わず咳《せ》き込んだ。

「なぁ～んだ。あんた、生きてたの？」

すぐ側から降ってきたのは、澄んだ女の声だった。

反射的に起き上がろうとした恵那は、両手が後ろ手に縛られていることを初めて知る。腹筋を使って上体を起こすと、筵《むしろ》も引かれていない土間に転がされていたせいで、全身の関節が悲鳴を上げるように軋《きし》んだ。

身体を前屈《まえかが》みにして痛みをやり過ごす恵那は、ふいに猫の鳴き声を聞いた。伏せていた顔を上げると、伊之助の愛猫であるカンナが、心配そうにこちらを見上げているではないか。

（どうして、カンナがここに……？）

そんな疑問を抱くが、靄がかった頭では上手《うま》く思考がまとまらない。

（それより、今の声は――……）

擦《す》り寄ってくるカンナに、思わず気を取られてしまったが、自《おの》ずと恵那の意識は〝彼女〟へ引き寄せられた。

「ここに連れてこられた時から、屍《しかばね》みたいに動かないんだもの。てっきり死んだかと思ってたのに、残念だわ」

「……あなた、いったい誰なの？」

古びた小屋の上がり框《かまち》に、黒い毛氈《もうせん》が敷かれている。その上に座っているのは、妖《あや》しい雰囲《ふんい》気《き》を纏う美女だった。

緩く波打つ黒髪は、派手な花簪《はなかんざし》で飾られている。濃紺《のうこん》色の着物の上に、黒地に曼珠沙華《まんじゅしゃげ》が咲く上等な打掛《うちかけ》を羽織った姿は、良家《りょうけ》の息女《そくじょ》にも見えた。だが、色濃く紅の引かれた唇からは、婀娜《あだ》っぽい印象を強く受ける。

初めて会った人のはずだ。

こんな印象的な女性、一度会ったら忘れない。

(でも、どうして？)

彼女を見ていると、胸を小虫が這《は》うような不快感に襲われる。

――これは、紛《まぎ》れもない恐怖だ。

「あたしの名前は悠灘。前世のあんた、東條千咲《とうじょうちざき》を殺した女神《めがみ》よ」

「な……っ⁉」

ガツンと、脳天を鈍器《どんき》で殴られた錯覚《さっかく》を抱く。

狐《きつね》のように目を細め、ニヤリと笑う悠灘という女神。秀麗《しゅうれい》な容姿《ようし》に反して、彼女から発せられる霊気は、邪気《じゃき》のように禍々《まがまが》しい。

零《こぼ》れ落ちんばかりに目を見開いた恵那に、悠灘は無邪気に笑う。

「なーんて、嘘よ。本当に千咲を殺したのは、古河十四郎《こがじゅうしろう》って男。まぁ、あいつにそうするよう仕向けたのは、他の誰でもないあたしだから――やっぱり、あたしが殺したも同然よね」

他者の命を奪ったことを、なぜそうも誇らしげに語る？

心臓が破裂しそうな勢いで脈打ち、足元から悪寒《おかん》が蛇《へび》のように這い上ってくる。同時に、左の肩口から腹部にかけて、古傷が痛むように疼《うず》きだした。

(もしかして……怖がってるのは私じゃなくて、千咲さんなの?)

原因不明の恐怖は、魂《たましい》の奥底から湧《わ》き出してくる。

この女が言っていることは、嘘ではない。恐れ戦《おのの》く己の魂に確信する。じくじくと痛む肩口は、千咲が負った致命傷の場所かもしれない。

(あの千咲さんが、こんな風に恐れるなんて……)

春先に黒狼王《こくろうおう》という荒御霊と戦った時、千咲の意識が蘇《よみがえ》ったことがある。

愛する扶人を守るためなら、どんな敵にも怯みはしない。言葉遣いは穏やかだが、強い心根を持つ勇ましい女性だった。

神でありながら、荒御霊に似た気配を纏う悠灘。今更ながら、恵那自身も気が遠くなるような恐怖に呑み込まれた。

しかし、黙って震えてなんかいられない。

「千咲さんを殺したあなたが、私に何の用なの?」

意識を失う前のことを、ようやく朧《おぼろ》げにだが思い出す。

緑水村の森の中。本性を現した百面鬼と対峙《たいじ》していた時、伊之助から掌術《しょうじゅつ》で身体《からだ》の自由を奪われた。気絶させるため、首筋を叩いてきたのも伊之助だろう。

彼はこの女神と繋《つな》がり、自分を奸計《かんけい》に陥れたのだ。

もしかしたら、ここにいるカンナも伊之助から見捨てられたのかもしれない。

「何の用ですって？　そんなの、決まってるじゃない」

長い袖《そで》で優雅に口元を隠し、悠灘は目元だけでにいっと笑う。

「あんた、新しく扶人の下僕になったんですってね？」

「それがなんだって言うの？」

「残念だけど、あんたみたいな女に扶人は任せられないわ。あの人と同じ空気を吸ってると思うだけで、憎らしくて殺したくなっちゃう」

ころころと笑いながら、さらりと残忍な言葉を吐かれる。

（この人、本当に何なの……？）

肌を刺すような殺意に、心臓がキュッと縮む。感情が食い違った悠灘の言動には、おぞましい狂気が潜んでいる。冗談っぽく「殺したい」と言っているが、彼女は本気だ。

顔色を失った恵那を見下ろし、悠灘は歌うように続ける。

「扶人を愛していいのも、扶人から愛されていいのも、ぜーんぶあたしだけ。だって、あの人はあたしの物なんだから」

「ふざけないで、扶人は物じゃないわ！」

生来の直情的な性格が災いし、恵那は自分の立場も忘れて叫んだ。

――が、頭に昇った血もすぐに下がった。

「本当にふざけてるのはどっちよ、この泥棒猫」

ガッと、鈍い殴打音が響く。何の音だろうと怪訝に思った直後、右のこめかみを激しい疼痛《とうつう》が襲った。

痛みに呻《うめ》いて顔を上げると、蒔絵《まきえ》のぽっくり下駄《げた》が見えた。

（こんな重そうな下駄で、人を思いっ切り蹴《け》るなんて……）

もはや神ではなく、鬼の所業だ。

耳元から、カンナの威嚇《いかく》する鳴き声が聞こえる。蹴られた自分を守ろうと、悠灘を牽制《けんせい》してくれているのだろう。相変わらず、小さいのに心優しい猫だ。

「扶人はあたしの物なのに、どうしてあんたを見てるのかしら？　あの人の目に映っていいのは、あたしだけのはずなのに」

「ぐ、あ……ッ！」

悠灘のしなやかな足が持ち上げられ、恵那の頭を強く踏みつける。顔面から土間に倒れ込んだ恵那は、喉《のど》の奥から潰れた声を漏らした。

恵那の頭を踏みにじる悠灘は、依然として笑みを絶やさない。

ただ、凶悪な光を宿す赤紫《あかむらさき》の瞳だけは、彼女の荒ぶる胸中を雄弁に語っていた。

「乳臭《ちちくさ》い小娘のクセに、どうやって扶人を誑《たら》し込んだのかしら？　あの人を呼び出す〝餌《えさ》〟じゃなければ、あんたなんか八つ裂きにしてやるのに」

「な、んで……すって……？」

悠灘の口にした一言が、鋭い棘《とげ》となり恵那の胸へ突き刺さる。

（まさか、私が攫《さら》われたのは扶人を呼び出すためなの？）

頭を踏まれる苦痛も忘れ、血の気が下がる音を聞く。

扶人を守るべき立場の自分が、彼を危機に晒《さら》してしまう。あまりの不甲斐《ふがい》なさに、恵那は血が滲むほどきつく唇を噛《か》み締《し》める。

「ほんっと、千咲もしつこい女よねぇ。せっかく殺してやったのに、どうして生まれ変わってきちゃうのかしら？　扶人が振り向いてくれないからって、懲《こ》りずにあたしから彼を奪おうとするし……これって、もう一度殺してほしいってことよね？」

「わ、私はそんなこと、望んでな——……がはッ!?」

頭上から足が退《ど》かされたかと思えば、再度こめかみ付近を蹴り飛ばされた。

脳が揺れて意識が混濁《こんだく》する。ぬめりけのある温《あたた》かいものが頬を伝い、土間の地面を赤黒く濡らした。今の衝撃《しょうげき》で皮膚《ひふ》が裂け、出血したようだ。

「あんたが扶人を誑《たぶら》かしてるのよ。そうじゃなきゃ、あの人があたしの側を離れるはずがないもの。だって扶人は、あたしだけを愛してるんだから」

酔い痴《し》れたようにそう言った悠灘は、耳障《みみざわ》りな甲高《かんだか》い声で笑い出した。

影のある美女が、「扶人はあたしを愛している」と繰り返す。普段の恵那なら、容易《たやす》くその言葉を信じていただろう。

だが、今は悠灘が「愛している」と口に出す度に、気持ちがどんどん冷めてゆく。

（……この人、嘘をついてる……）

流血のせいで右目は開けられず、恵那は左目だけで悠灘を睨め上げる。

彼女が発する言葉は、真実ではない。こうだったらいいという願望を、あたかも現実のように語っているだけ。

――否。「これが現実なのだ」と、己《おの》が心に暗示をかけているのだ。

（こんなの、おかしい……っ）

恋はもっと、素敵なものだったはず。綿菓子のように甘くて、時に切なくて泣きたくなることもある。それでも、誰かを好きになることはとても幸せなことだ。

愛し、愛されることを望む。

捧げ、与えられる対等の関係――それが、恋愛ではないのか？

けれど悠灘は、扶人の意思など完全に無視している。大切なのは、自分がどれだけ彼を愛しているか。相手の気持ちを都合良く決めつけた、独り善《よ》がりの哀れな恋だ。

「扶人があなたを、愛してるですって？」

また、蹴られるかもしれない。もっと酷《ひど》いことをされる可能性だってある。顔の前にやってきたカンナも、「もうやめて」と目で訴えてくるが――もう、止まれない。

どうしても言わなければならないことが、恵那にはあった。

「あなたは確かに、扶人を愛しているかもしれない。でも、あの人の気持ちを勝手に決めつけることはやめて。扶人の心は、扶人だけのものよ！」

恵那が一息にまくし立てると、悠灘の瞳が冴えた金色に変わる。

麗《うるわ》しの女神から溢れ出したのは、胸を圧迫するような穢《けが》れた霊気だった。凄《すさ》まじい殺気に恐怖が増幅するが、恵那は気丈《きじょう》にも悠灘を睨《にら》み続ける。

（扶人が私を助けに来たら、この人は何をするか分からないもの。それなら、私はどうなってもいい）

空を流れる雲のように、何ものにも縛られぬ神様。

自由を奪われ、他者の言いなりにされる扶人など――もはや、扶人ではない別人だ。

（あの人から、〝彼らしさ〟を奪う枷《かせ》になるくらいなら……悠灘に殺された方が、何倍もマシだわ）

天上天下唯我独尊《てんじょうてんげゆいがどくそん》を地で行く、傲慢《ごうまん》な神様こそ恵那のよく知る扶人だ。

彼が別の存在になるなんて、とても耐えられない。

「何をしているんだ、悠灘！」

悠灘が毛氈から腰を浮かしかけると、小屋の戸口から一人の青年が現れた。

血染めの白羽織を纏う彼は、百面鬼ではないか。

後ろ手で木戸を締めた百面鬼は、袴《はかま》が汚れるのも厭《いと》わずに恵那の傍らへ膝《ひざ》をつく。

「あぁ、可哀想に。こんなに血を流して……」

恵那の身体を優しく抱き起こし、百面鬼は端整な顔を悲しげに歪《ゆが》める。彼は懐から手拭いを取り出すと、恵那のこめかみの傷を押さえて簡単な止血を施した。

女神の悠灘からは虐《しいた》げられ、荒御霊の百面鬼には庇護《ひご》される。

――これは、なんて奇妙な状況だろう。

「俺がいない間に、よくも千咲を傷つけてくれたな」

百面鬼は相変わらず、恵那と千咲を同一視している。二人の関係は謎に包まれているが、少なくとも百面鬼は、千咲に好意的な感情を抱いているはずだ。

彼が恵那に向ける想いは、悠灘が扶人に向けている〝それ〟と酷似《こくじ》している。

もしかしたら百面鬼も、千咲に対して独り善がりな恋をしていたのかもしれない。

「お前が例の神を手に入れたいと言うから、俺の愛《いと》おしい千咲を貸しているんだ。それなのに、可愛い千咲を甚振《いたぶ》るなんて――こっちは、いつでも契約を破棄《はき》できるんだぞ？」

濃密な邪気が噴《ふ》き出し、百面鬼が悠灘を威圧する。

人間にとって邪気は毒でしかない。

（その毒で、私は今守られている……）

百面鬼の腕に抱かれる恵那は、違和感塗れの現状に眩暈《めまい》すら覚えた。

「あんたの愛し子に、怪我をさせたことは謝るわ。ごめんなさい。――でもね、別にあたしは好きで虐《いじ》めてたわけじゃないのよ？　その子の目を覚まさせるために、ちょっとした荒療治を試しただけ」

「……どういう意味だ？」

「だってその子、あたしの扶人に熱を上げてるんだもの。頭を殴ったら、本当の恋人を思い出すかと思ったんだけど、力の加減を間違えちゃったみたい」

悠灘はぺろっと舌を出し、素知《そし》らぬ顔で嘘をつく。

（扶人の心は誰の物でもないって指摘したら、怒って殴ってきたくせに……っ）

己の行動を正当化させるだけでなく、自分と百面鬼を恋仲に仕立て上げようとするなんて、どこまで最低な女神なんだ。

百面鬼の胸に凭《もた》れる恵那は、込み上げる怒りを抑えきれなかった。

「ちょっと、でたらめなこと言わないで！　私は修祓師《しゅばつし》を目指している身よ。荒御霊を好きになるはずないでしょう⁉」

扶人だけでなく、自分の心まで勝手に偽られて堪《たま》るものか。

恵那は噛みつくように怒鳴《どな》るが、いきなり視界に影が落ちて息を呑んだ。

「酷いなぁ、千咲。まだ俺のことを思い出してくれないのか？」

「ヒ……ッ⁉」

生温かいぬめった物が頬を這い、裏返った悲鳴が漏れた。

大きく瞠られた恵那の瞳には、舌舐《したな》めずりをする百面鬼が映る。彼の唇に付着した赤に、血を舐め取られたのだと理解して、吐き気と共に嫌悪を催《もよお》した。

「俺は古河十四郎だ。愛する婚約者を忘れ、他の男に色目を使うなんて千咲は悪い子だな」

「違うっ！　私の名前は恵那よ、千咲さんじゃないわ！」

「いいや、お前は俺の愛する千咲だよ」

甲高い声で否定する恵那に、百面鬼は愛おしそうに赤眼《せきがん》を細める。

身体を捩《よじ》って抵抗する恵那の髪へ顔を埋《うず》め、彼は深く息を吸い込む。その様は、高価な香を堪能しているようだ。

「覚えていないのか、千咲。学舎でいつも一人だった俺に、お前だけは優しく声をかけてくれたじゃないか。俺を理解してくれる人間は千咲しかいない。だから、父上に頼んでお前の家に縁談を持ちかけ、婚約までしたのに……どうして、祝言《しゅうげん》の前日に姿を消した？」

髪の上を滑った唇が、耳元に寄せられる。身に覚えのない話に混乱して、恵那が否定すらできずにいると、百面鬼はクスッと小さく笑んだ。

「いや、過去の事なんてどうでもいい。これまで一緒にいられなかった分、これからたっぷりと愛してあげよう。俺のことだけを考え、俺だけを求めるように」

「――ッ」

ドクンと、心臓が不規則に脈打つ。

悠灘が扶人を狂愛するように、百面鬼も狂った恋情《れんじょう》に支配されている。千咲がこの世にいないことも、自分が荒御霊であることからも目を逸《そ》らし、偽りの現実を作り出していた。

――虚像の世界へ引きずり込まれたら、終わりだ。

死よりも屈辱的な日々が、大きく口を開けて待ち受けているのだから。

「良かったわね、〝千咲〟。これからはずっと、大好きな十四郎と一緒にいられるわよ」

嘲《あざけ》るような口調で、悠灘は薄っぺらい祝福の言葉を述べる。

（相手はただの荒御霊なのに、どうしてなの……？）

頬を撫でる百面鬼の冷えた指先に、全身の毛が逆立つ。

いつもの自分だったら、修祓師の使命に燃え、怯《おび》えることはなかっただろう。けれど今は、目の前で微笑《ほほえ》んでいる男が怖くて堪らない。

ここまで荒御霊を恐れたのは、両親を殺された夜以来のことだ。

「ふふっ、丁度いいところに戻ってきたわね」

真綿で首を絞められるような恐怖に、恵那が小刻みに震えだした時だった。

悠灘が立ち上がり、百面鬼に目顔で指示を出す。渋々頷《うなず》いた百面鬼も、恵那を抱えて悠灘の前に立った。

「――っ⁉」

これから何が起こるのだろう。

漠然とした不安を抱いていた恵那は、小屋に近づいてくる気配に愕然《がくぜん》とした。

(この気配は、まさか……っ)

国一番の神が放つ、清らかで厳粛《げんしゅく》な霊気に涙が滲む。

やがて外から木戸が開かれ、予想通りの人物が視界に飛び込んできた。途端、恵那は悲鳴じみた声で叫んだ。

「扶人、来ちゃ駄目!」

逃げて——と続けようとしたが、すかさず百面鬼から口を塞《ふさ》がれる。

こめかみから血を流し、自分以外の男に自由を奪われた恵那を見て、木戸の向こうに立つ扶人は眉を顰めた。

彼の背後には伊之助が控えており、カンナは足早に彼の元へ駆けて行く。

「随分と、我の下僕に無体《むたい》な真似《まね》を働いてくれたな」

恵那の忠告を無視して、扶人は堂々と小屋の中へ歩を進める。

「お前の言う通り、こうして辺鄙《へんぴ》な場所まで足を運んでやったのだ。——さっさと、恵那を放してもらおうか」

低く脅《おど》すような扶人の口調に、悠灘の赤い唇が弧を描く。

「あたしは一日千秋《いちじつせんしゅう》の想いで、あんたとの再会を待ち侘《わ》びていたのに、挨拶《あいさつ》もないなんて酷いんじゃない？　まぁ、今更そんなことはどうでもいいわ。これからあんたは、あたしだけの物になるんだから」

「……我が貴様のもとへ降《くだ》れば、恵那は無事に解放されるのだな？」

「勿論よ。あんたさえ手に入れば、こんな小娘には用がないもの。すぐ自由にしてあげるから、心配しなくても大丈夫よ」

悠灘と必要最低限の確認を終えると、扶人は視線を恵那に向ける。

百面鬼の手で口を覆われて尚も、恵那は何かを訴えようと必死で唸っていた。失意に見開かれた瞳からは、言葉の代わりに大粒の涙が零れている。

「泣くな、馬鹿者が」

恵那の心中をすべて見透かしたように、扶人は驚くほど優しく微笑む。

どうして今、そんな風に笑うの？

悠灘の物になるということが、どんな意味なのか知っているくせに――そんな幸せそうに微笑むなんて、どっちが馬鹿だろう。

（お願い、行かないで！）

下僕なんかのために、尊い命を差し出したりしないで。あなたを犠牲に生き残った後、私はどうやって生きていけばいいの？

あなたのいない生活なんて、もう考えられないのに――。

「恵那、これだけは覚えておけ」

百面鬼の脇を通り過ぎる際、扶人はおもむろに立ち止まる。

縛られた恵那の手を見下ろし、彼は迷わず自分と彼女の小指同士を絡《から》めた。

「肉体は悠灘の物になりはしても、我が魂だけは永遠にお前のものだ」

「……ッ！」

「夢幻桜の封印を解き、束《つか》の間でも心地良い時を与えてくれたこと、感謝する。この命、お前を救うために使えてよかった」

切ない熱だけを残し、小指が名残惜《なごりお》しげに離れる。

扶人の感謝は、どんな別れの言葉よりも悲しくて、恵那の心に切ない波紋を広げた。

（どうして、もっと早くに気付けなかったの？）

骨が折れたって構わない。恵那は強引に身体を捻《ねじ》り、扶人の姿を視界に収めようとしたが、最後に見えたのは長い白髪《はくはつ》の毛先だけだった。

扶人の下僕だから、彼を守りたいんじゃない。使命なんて関係なく、扶人だからこそ命を懸けられる。彼のためになら、死すら幸福だと本気で思えるのだ。

この気持ちに付けられる名前なんて、一つしか知らない。

（私——扶人のことが、ずっと好きだったんだわ）

いつから、彼に特別な想いを抱いていたのだろう？　そんなことも分からないほど、扶人への恋心はいつの間にか芽吹《めぶ》き、大輪の花を咲かせていた。

低い声も、気怠げな仕草も。

不器用な優しさや、嫌なところだって――扶人を形作る、すべてが愛おしい。

（こんな指切りなんて、あんまりじゃない……っ！）

千咲が息を引き取る間際《まぎわ》にも、扶人はこうして指切りをしていた。

これじゃあ、もう二度と会えないみたいじゃないか。

せっかく、自分の気持ちを知ったのに――想いを告げられなければ、意味がない。

「さぁ、扶人。契約の口づけを交わしましょう」

自分の見えないところで、扶人が悠灘と唇を重ねる。その光景を想像するだけで、恵那の心は張り裂けんばかりに痛んだ。

扶人が誇れるような修祓師になると誓ったのに、肝心な時に彼を守れない。

悔しくて、情けなくて、余計に涙が溢れて止まらなくなった。

「十四郎、もう離して大丈夫よ」

心が弾むような悠灘の声に、百面鬼の腕から力が抜ける。唐突に支えを失った恵那は、その場に崩れ落ちた。

恐る恐る振り返ると、悠灘の隣に立つ扶人と目が合う。

ただし、彼の目は夜よりも暗い闇に沈んでいた。

うだ。

名前を呼んでも反応がない。忘れたようにされる瞬《まばた》きがなければ、精巧《せいこう》に作られた人形のよ

「ふ、ひと……？」

放心する恵那に、悠灘は勝ち誇ったように笑む。

「これで扶人は、あたしだけの物よ」

扶人の胸にしな垂《だ》れかかった悠灘は、彼の紅く汚れた唇を見せつけるように指先で拭う。口づけの際に、紅が移ったのだろう。

愛する人の唇を奪われ、恵那の頰を新たな涙が伝った。

「俺たちの役目も終わったことだ。そろそろ、千咲を連れて行っても構わないか？」

自我を失った扶人に甘える悠灘へ、百面鬼は白けた口調で問う。

その言葉を耳にした伊之助は、初めて笑みを崩した。

「悠灘様、どういうことですか？　扶人殿を連れ出しさえすれば、恵那さんは解放される約束だったはずです」

「あら、なんのことかしら？」

わざとらしく惚《とぼ》ける悠灘に、伊之助の顔が瞬《また》く間に蒼白《そうはく》となる。

「カンナを元の姿に戻して下さるという約束も、無かったことにするつもりですか!?」

「うるさいわねぇ。人間のクセして、あたしに楯突《たてつ》くつもり？」

伊之助から声高《こわだか》に詰《なじ》られた悠灘は、スッと瞳孔を細めた。

扶人の胸に預けていた身体を起こし、霊気を練って一振りの刀を作り出す。強烈な殺意を纏う悠灘は、凍《い》てつく眼差《まなざ》しで狂気的に微笑んだ。

「扶人はあたしだけの物になったし、甘い蜜月《みつげつ》にあんたたちは必要ないわ。……邪魔者は早々に、舞台から降りてもらわないとねぇ？」

血のように赤い唇を官能的に舐め、悠灘は凶刃《きょうじん》を静かに構える。

ヒュッと風を切る音が、狭い小屋の空気を震わす。次いで、深紅の花弁が舞い散るように、土間へ鮮血が降り注いだ。

「か、は……ッ!!」

腹部に突き刺さった白刃《はくじん》に、恵那は瞠目した。

「恵那さんッ!?」

ずるりと刃が引き抜かれ、力無く前のめりに倒れかけた恵那を、咄嗟《とっさ》に飛び出した伊之助が抱きとめる。

背中まで貫通した傷口からは、鼓動に合わせて血が噴き出す。浅く早い呼吸を繰り返す口からも、少量の血液が零れていた。

「悠灘、俺の千咲になんてことをするんだ！」

血溜まりに沈む恵那の姿に、百面鬼が牙《きば》を剥いて叫ぶ。深紅の瞳が苛烈《かれつ》な怒りに燃え、狂暴な邪気が嵐のように吹き荒れた。

刃《やいば》から滴《したた》る血を払った悠灘は、緩慢に前髪を掻き上げる。

「あんたも大概うるさいわねぇ。あたしは、その小娘に生きていられると困るのよ。二度と扶人を奪われないように、危険因子は確実に潰しておかないとね」

「貴様、最初から契約を反故《ほご》するつもりだったのか⁉」

「あら、今頃気づいたの？」

妖艶《ようえん》な笑みを湛え、悠灘は穢れた霊気を放出する。

「あんたが千咲を殺した時のこと、覚えてるかしら？ あの時、千咲はあたしの術で縛られてたでしょう。でも、徒人に神のかけた術が解けると思う？」

「ま、まさか……っ」

「あの女に死んでもらうため、ワザと術を解いたに決まってるでしょ？ 要するにあんたは、今も昔もあたしの手のひらの上で踊ってたのよ。無様な道化のように、クルクルと」

御苦労な事ねと、悠灘は高笑いする。

——哀れな道化の演舞に、幕引きの時がきた。

人格が破綻《はたん》しているとはいえ、神の力は絶大だ。百面鬼の邪気を一瞬で相殺《そうさい》すると、悠灘は刃を一薙《ひとな》ぎする。

「今まで、踊り続けて疲れたでしょう？ あんたはもう必要ないから、思う存分休んでいいわよ。一緒に殺してあげるんだから、精々《せいぜい》あの世で愛しい千咲と仲良くしなさい」

霊気で身動きを封じられた百面鬼は、白刃で喉元を掻《か》っ捌《さば》かれた。

どす黒い体液が、土間一面に飛び散る。次の瞬間、大きく揺らいだ百面鬼の影から、金色の光が幾多に放出された。

（……今の光は、何……？）

視界を掠《かす》めた光の軌跡《きせき》に、恵那は霞《かす》みがかる意識で疑念を抱く。荒御霊が浄化された後に、こんな現象が起きたことはない。

恵那がそんなことを考えている内に、百面鬼は青白い魂魄《こんぱく》体へと姿を変えた。

その間にも、悠灘の魔の手は伊之助へと伸びる。

「あんたも馬鹿ねぇ。肉体を失った魂は、輪廻《りんね》の旅路へ就くしか道はないのよ。いくら神だからって、新しい身体を創り出すなんて無理に決まってるじゃない。――つまり、あんたの恋人は一生猫のままってことね」

「では、あなたは私を騙《だま》したのですか……？」

ぐったりと弛緩《しかん》した恵那の身体を胸に、伊之助は悄然《しょうぜん》とした様子で悠灘に問う。

闇に堕《お》ちた女神は、残忍な微笑で刀を振り上げた。

「あたしを怨《うら》んだりしないでね？　簡単に騙される、あんたの方が悪いんだから」

さようならと、熟した果実のような唇が紡ぐ。

刃が振り下ろされるのを認め、伊之助は反射的に恵那を庇《かば》った。流れ出す血液と共に、体温まで失ってゆく恵那は、包み込まれた胸の温《ぬく》もりに安堵《あんど》する。

(……やっぱり……いの先生は、私の先生だ……)

伊之助と悠灘が交わしていた契約が、どのような内容なのかは分からない。理由が何であれ、祥泉堂の仲間たちに相談することもせず、卑劣な行為に加担《かたん》したことは許し難い。

それでも彼は、最後に〝祥泉堂の教師〟に戻ってくれた。

そうでなければ、傷を負った生徒を身を挺《てい》して守ろうとはしまい。

(……もう、駄目だわ……)

伊之助の背後に迫る白刃に、恵那は諦めて目を閉ざす。

刹那《せつな》——刃が弾かれる、澄んだ音が響いた。

「本当に悪いのは、どう考えたってあんたの方だろ!」

聞き覚えのない女性の声に、恵那はそろりと薄目を開ける。

伊之助の肩越しに見えたのは、番傘で悠灘の刀を防ぐ若い娘の背中だった。肩よりも上で切り揃えた髪を揺らし、彼女はキッと伊之助を振り返る。

「伊之助、いつまでボサッとしてんの! ウチがこいつを食い止めてるうちに、恵那ちゃんを連れて逃げるわよ」

「カンナ? どうして、君が……」

「今は逃げ切ることだけ考えな！　グズグズしてると、尻蹴っ飛ばすからね！」

八重歯を剝き出して怒鳴った娘は、番傘を開いて悠灘の斬撃を防ぐ。愛猫と同じ名の娘から一喝された伊之助は、恵那を横抱きにして立ち上がった。

白羽織を腰に巻いているので、人間のカンナは正式な修祓師なのだろう。

「五行の掌・火気《かき》――洪煙暗幕《こうえんあんまく》」

カンナが言霊《ことだま》を唱えると、小屋の中は濃い煙で満たされた。

「後れを取るんじゃないわよ、伊之助！」

「分かっています！」

木戸から外に飛び出した伊之助は、術で脚力を強化して風のように大地を駆ける。

「恵那ちゃん、もう少しの辛抱だからね。祥泉堂に戻れば、綾《あや》先生の術で怪我を治してもらえるから、それまでどうにか堪《こら》えてちょうだい」

閉じた番傘を担《かつ》いで伊之助の隣を並走するカンナは、息も絶え絶えな恵那を励ます。男じみた乱暴な口調に反して、細やかなカンナの気遣いに恵那は懸命に頷く。

悠灘から扶人を取り戻すまでは、死んでなるものか。

ただそれだけの想いに縋り、恵那は途絶えそうになる意識を現実に繫いだ。

秋色に染まる、祥泉堂の庭先。

落ち葉を掃《は》いていた夏葉《なつは》は、竹箒《たけぼうき》を動かす手を止めて嘆息する。

「恵那ちゃんと扶人、大丈夫かなぁ～」

口から零れた息は白く染まる。まるで、冬の到来を告げているようだ。寒さだけでなく、不安と寂《さび》しさから身をちぢこめて、夏葉はもう一度ため息をつく。

その様子を、綾と篤巳神は縁側《えんがわ》から眺めていた。

「よもや、伊之助が此度《こたび》の一件に与《くみ》していたとは……」

扶人が連行された際の状況を説明され、綾は静かに視線を落とす。表情は動かずとも、爪が白くなるほど固く握り締められた両の拳《こぶし》が、彼女の辛《つら》い心境を雄弁に語っていた。

緩く腕組みをした篤巳神は、とろけた半眼で空を見上げる。

「……恵那さんが、無事に戻ってくれたらいいのだが。これ以上、面倒事が増えるのは勘弁してもらいたい……」

「しかし、状況から考えてそれは難しいでしょう」

悠灘という女神が、恵那を生かして返すとは思えないし、百面鬼も曲者《くせもの》だ。

婚約者だった千咲の代わりに、恵那を手籠《てご》めにする可能性は高い。

(大切な生徒が危機に瀕《ひん》しているというのに、何もしてやれないなんて……)

無表情の内側で、綾の心は苦渋に満ちていた。

今すぐ恵那のもとへ駆けつけたいのに、麻痺《まひ》した左足は動いてくれない。不自由な身体を、これほど疎《うと》ましく思ったことはなく、己の不甲斐なさに腹が立った。

「……ん？」

眠たそうにしていた篤巳神が、ふと片眉を上げる。

次の瞬間、裏山の方でカラコロと竹が鳴り出した。荒御霊の奇襲対策として、夏葉の仕掛けた罠が発動した合図だ。

「綾先生、誰か来るよ。荒御霊かな？」

「……この気配は、人だな……」

箒を放り出して駆け戻ってきた夏葉へ、綾に代わって篤巳神が答える。

「……敵意は感じられないが、血の匂いがする。人数は二人……否、三人か？」

篤巳神が重い腰を上げると同時に、屋根を飛び越えて二つの人影が現れた。

一人は番傘を担いだ見知らぬ娘。もう一人は、ぐったりした恵那を横抱きにした、裏切り者の伊之助だった。

「恵那ちゃん、その傷……ッ!!」

紺色の袴と羽織から、ぽたぽたと血が滴っている。

キッと目尻を吊り上げた夏葉は、肩に下げた武器入りの柳行李《やなぎごうり》へ手をかけた。

「いの先生、恵那ちゃんに何したの？　答え次第じゃ、ボクもそれなりの手段に出るよ」

「その話は後にしな！」

警戒心を露《あら》わにする夏葉を一喝し、番傘を刀のように腰帯へ挟んだ娘は、伊之助に代わって恵那を抱き上げる。

彼女はまっすぐ縁側へ向かい、綾の傍らにそっと恵那を横たえた。

「綾先生。今は何も言わず、この子の傷を治してやっておくれ」

痛いくらい真剣な面差《おもざ》しに、綾は長い袖を捲りながら首肯《しゅこう》する。

問いたいことは山ほどあるが、今はこの娘の言う通り、恵那の傷を癒《い》やす方が先決だ。出血量からして、かなり危険な状態にあることは歴然である。

薄っすらと目を開き、かろうじて意識は保たれているようだが――恵那の弱々しい呼吸は、いつ止まってもおかしくはない。

「私も全力を尽くす。だから恵那、お前も生きることを諦めるでないぞ」

綾が声をかけると、恵那は朦朧《もうろう》としながらも微かに頷く。

心の乱れは、霊力の乱れに通じる。深呼吸をして揺らぐ気持ちを鎮めた綾は、出血の続く恵那の腹部へ手を翳《かざ》した。

「万物を司《つかさど》りし、五行の理《ことわり》よ。聖なる水流に宿る、生命の根源たる力。彼の者に降りかかりし災厄を、清純なる汝《なんじ》の禊《みそぎ》にて滅《めっ》せよ」

上級術特有の長い言霊を唱え、綾はありったけの霊力を両手に注ぐ。

温かな白光に包まれた恵那の傷は、痕《あと》も残さず綺麗に塞がった。腹部の出血が治まったことを確認すると、次はこめかみの傷へ治癒術を施す。

「五行の掌・水気《すいき》——白癒《はくゆ》」

こちらの傷は、出血に比べて傷は浅い。下級術でも治癒には十分な効果を発揮した。

すべての傷を癒し終えた綾は、強い疲労感に吐息を漏らす。

霊力に混ぜ込むように、己の生命力も僅かに分け与えた。気休め程度だろうが、凄惨《せいさん》な恵那の姿を前に、何もせずにはいられなかったのだ。

「治療は終わった。後は、恵那の体力次第だ」

「寝かせるのは客間でいいかしら？　その方が長屋の部屋より広いし、みんなで恵那ちゃんの看病をしながら、これまでのことを説明できるからね」

謎の娘はそう言うと、いまだ庭に立ち尽くしている伊之助を振り返る。虚《うつ》ろな表情で微動だにしない彼に、娘は大仰なため息をついた。

そして彼女は、猫のように八重歯を剝いて怒鳴る。

「伊之助！　落ち込んでる暇《ひま》があるなら、恵那ちゃんを寝かせる布団を敷きな！」

「……っ」

「お前は、ここにいる人たちを裏切ったんだ。弱音なんて吐いてごらん。ウチがその口、二度と開けないように縫《ぬ》いつけてやるから」

それにさ――と続け、紙のように白くなった恵那の頬を、娘は労《いたわ》るように撫でた。

「恵那ちゃん今は、必死で生きようと戦ってるんだ。お前がまだ、この子の教師でありたいと思うのなら、生徒の前でシケた面《つら》晒すんじゃないわよ」

厳しい叱責《しっせき》を受けた伊之助は、眼鏡の奥の双眸を大きく見開く。

しばらく彼は、力一杯殴られたような顔で呆然としていた。だが、徐々に表情は苦みを増してゆき――やがて伊之助は、重い一歩を踏み出した。

「いの先生、何を……っ！」

未《いま》だ警戒を解かぬ夏葉は、すかさず咎《とが》めるような声を上げる。

それを片手で制した綾は、緩々と頭を振った。

「伊之助は今、〝教師〟として恵那のために動いているのだ。好きにさせてやろう」

彼を責めることは、後でいくらでもできる。けれど、伊之助が恵那に何かしてやれるのは、この機会を逃《のが》せば二度と訪れないかもしれない。

（……っ、私は何を考えているのだ）

無意識下での思考に、綾はギリッと奥歯を噛む。

恵那は絶対に助かる。治療した自分が信じずに、誰が彼女の回復を望むのだ。伊之助の罪を咎めないのも、全快した恵那が一番に文句を言うためだ――と。

決して目を逸らしてはいけないものに、綾は無理やり背を向けた。

左足が動かなくなり、表情を失った時でさえ、残酷な現実を真っ向から受け入れたのに。今回ばかりは、事実の容認を心が全力で拒んでいる。

「ところで、あなたは一体何者なのだ？」

綾は頭を切り替えるついでに、恵那の髪を梳《す》いている娘へ問うた。

今しがたのやり取りからして、彼女は伊之助の知人なのだろう。彼の行動を窘め、瀕死の恵那を救おうと心を砕いていたことから、とても悪人には見えない。

だが、この拭い去れない違和感は何だろう？

（初対面のはず、なのだが……）

彼女は自分を知っていて、自分も彼女を知っている気がした。そんな疑念から、綾はまじまじと娘を見つめる。

僅かに吊り上がった目が印象的な、猫を思わせる娘だ。白羽織を腰に巻くだけでなく、男のように着物の前を大胆に開いた、奇抜な格好をしている。戦闘の邪魔にならないよう、胸はサラシで潰されており、飾らない言動は中性的だ。

これほど独特な雰囲気を漂わす娘、一度会ったら忘れないだろう。

綾から熱心な視線を注がれた娘は、困ったように頬を掻く。

「あー、やっぱり気づかない？　ウチも一応、祥泉堂の仲間だったんだけどなぁ……」

「もしかしてお姉さん、祥泉堂の卒業生？」

小首を傾《かし》げて尋ねた夏葉に、娘は「ハズレ」と苦笑する。

「酷いなぁ、夏葉君。毎年冬になると、ウチが懐に入って温めてあげたでしょ？　夏は、川で獲《と》った魚を沢山《たくさん》食べさせてくれたじゃない」

「え……」

「綾先生だって、ウチが日向《ひなた》ぼっこしてると頭を撫でてくれた。夜中、散歩中に野犬に襲われて怪我した時も、掌術で治してくれたよね」

親しみを込めて語られる内容に、綾はピンときた。夏葉も思い当たる節があったようで、あんぐりと口を開いている。

二人同時に「まさか……」と呟《つぶや》けば、娘は朗《ほが》らかに頷く。

「ウチの名前は時雨《しぐれ》カンナ。伊之助が飼ってた、白猫のカンナだよ」

そう言った娘は、にゃおんと猫の鳴き真似をして笑った。

事の始まりは九年前。

疫病《えきびょう》が流行《はや》った村で、死者が大量に荒御霊と化した。非常事態宣言が発令され、緊急招集を受けた修祓師は五名。その中に、伊之助とカンナも含まれていた。

同じ担当地区に割り当てられ、三年が経つ頃だとカンナは記憶している。

これまで何度も、二人で背中を守り合って荒御霊を倒してきた。性格は、互いに相反する水と油。時には意見が衝突して、派手に喧嘩《けんか》をしたこともあったが——気が付けば二人は、公私共に信頼できる相棒となっていた。

村に蔓延《はびこ》る荒御霊は〝なりたて〟ばかりだったが、いかんせん数が多い。

彼らの放つ邪気に引き寄せられ、外部からも荒御霊が集まりだしている。いくら、腕に覚えがある術師が集められたとはいえ、こちらは五人という少人数だ。増え続ける荒御霊を、根こそぎ浄化するには無理がある。

増援要請を一人に任せ、残った四人は生存者の確認だけでも済まそうと、荒御霊の跋扈《ばっこ》する村へと踏み込んだ。

群がってくる荒御霊をあしらいながら、カンナがとある家の前に差し掛かると、どこからか子供の啜《すす》り泣く声が聞こえてきた。見ると、納屋《なや》らしき掘《ほ》っ建《た》て小屋の前に、幼い少女が蹲《うずくま》っているではないか。

悲痛に泣きじゃくる少女の側には、伊之助の姿がある。

ここは、彼に任せれば大丈夫だ。自分は見回りを続けよう。――カンナがそう、判断を下しかけた時だった。

両手で顔を覆って泣く少女が、口元だけでニヤリと笑んだ。

次の瞬間、少女から凶悪な邪気が噴き出し、伊之助は腰帯の後ろに挟んだ小太刀へ手を伸ばした。咄嗟にしては素早い反応だったが、荒御霊の本性を露《あらわ》にした少女は、彼に武器を抜く間を与えない。

『お兄ちゃんカッコいいね。そのお顔、私にちょうだい？』

泣いていた烏《からす》はどこへやら。顔から手を外した少女は、禍々しい赤眼で笑っていた。

〝なりたて〟に紛れ、厄介《やっかい》な荒御霊が潜《ひそ》んでいたものだ。

伊之助が生存者と区別できないほど、荒御霊の少女は人の魂を多く喰らっていた。

少女の影が巨大な手となり、凄まじい勢いで伊之助に迫る。だが、影の手は彼を捕らえることはできなかった。伊之助を突き飛ばしたカンナが、身代わりとなったからだ。

影の手に胴体を締め上げられたカンナは、伊之助の目の前で消失した。

――その、魂だけを残して。

「あの時の村に来ていた荒御霊が、百面鬼だったんだよ。ウチは奴に身体を奪われ、伊之助に魂だけ助けられた。その魂も、禁術を使って猫の身体に押し込められたってわけ」

カンナの話が終わる頃には、障子《しょうじ》の向こうは燃え立つような茜色《あかねいろ》に染まっていた。

早めに火が灯《とも》された、行燈《あんどん》の炎が揺らめく客間。伊之助の敷いた布団に、恵那が目を閉じて横たわっている。会話が途切れた今、静寂に満ちた空間では、彼女の繰り返す忙《せわ》しない呼吸が目立った。

「器として用意した肉体へ、他者の魂を宿らせる。人道的な面で禁じられた反魂術《はんごんじゅつ》だな」

恵那の髪をゆっくりと梳きながら、綾がおもむろに口を開く。

祥泉堂のような、無償で修祓師を養育する教育機関の指導者は、大きく二種類に分けることができる。怪我や年齢を理由に、前線を退《しりぞ》いた者。そして、やむない理由で罪を犯し、降格処分を受けた人格と技術の優れた者だ。

破門するには惜しく、十三神の裁量により減刑された術師にのみ、この救済措置は適応される。伊之助がその救済を受けたことは、彼が祥泉堂に赴任してきた際に、綾はそれとなく気づいていた。

だが、彼の犯した罪は予想以上に重かった。

「反魂術は、禁術の中で最も厳しく禁じられた術だ。この世の理を捻じ曲げ、秩序を乱すだけでなく、過去に陰惨な事件を引き起こしている。そのような術を使用し、破門されずに済んだのは奇跡だな」

数百年も昔の事。貧しい家から買われた子供らを器に、金で反魂を行う悪辣《あくらつ》な術師が暗躍《あんやく》していた。依頼主の共通点は、金持ちで大切な人を亡くしているという点だ。

黄泉路《よみじ》から呼び戻された魂は、この世に定着し難い。たとえ反魂に成功しても、心身の不一致により拒絶反応が起きて、廃人となる確率も高かった。

器にされる子供の魂も、肉体から弾き飛ばされると数日で消滅する。死んだわけではないので、自力で昇天《しょうてん》できないからだ。

――修祓師は、魂を救済する聖職者である。

その者たちが、私腹を肥やす道具として魂を冒涜《ぼうとく》するなど、十三神が黙っていなかった。

「本当なら伊之助は、霊力を封じられて破門にされてた。器にしたのが、道端で息絶えてた野良猫だったから、葛紗神《くずさがみ》様も温情をかけて下さったのよ。拒絶反応が出ずに、反魂術が成功したことも、今思うと怖いくらいの奇跡だわ」

ありがたいことだと、カンナは拝《おが》むように目を閉じる。

獣《けもの》の姿になり、恵那の布団に潜りこんでいる篤巳神は、くぐもった声でぽつりと呟く。

『……葛紗は、情に厚い節介焼きな女だ。他の十三神が相手では、まともに詮議されることもなく、即刻破門にされていただろうな……』

下手に情けをかけると、大宮司《だいぐうじ》がうるさいから面倒だ。

自堕落な神様はそれだけ述べると、もぞもぞと恵那に擦り寄る。

大量出血が原因で、恵那の身体は氷のように冷え切っていた。寒さに震えているだけでも、余分な体力を消費してしまうため、篤巳神が己の体温を上げて寄り添っているが——恵那の身体は一向に温まらず、時を重ねる毎に僅かな熱も失われてゆく。

「でもさぁ、何かおかしくない？」

恵那の枕元に膝を抱えて座る夏葉は、小難しい皺《しわ》を眉間《みけん》に刻んでいた。

「カンナさんを元の姿に戻すため、いの先生は悠灘に協力したんでしょ？　百面鬼も一緒に行動してたんなら、隙《すき》を見て浄化とかできなかったの？」

「あー、それは無理。伊之助は、九年前の荒御霊が百面鬼だったなんて、これっぽっちも気づいてなかったからさ。あの時は素性を問い質《ただ》す前に、奴に逃げられちゃったもんね。ウチの身体も〝奪われた〟んじゃなくて、〝消滅した〟と勘違いされてたからお手上げだよ」

部屋の隅で押し黙っている伊之助を一瞥《いちべつ》して、カンナは嘆息する。

「ウチの身体が、百面鬼に奪われてるって事までは、さすがの悠灘も見落としてたみたいだね。だから、あいつは平気で百面鬼を浄化した。——どうせ浄化するなら、真っ先にそうしてくれたら良かったのに」

百面鬼が浄化された時に飛び散った光こそ、彼が殺《あや》めた者たちの〝身体〟だった。

カンナの瞳に浮かぶ活発な光が揺らぎ、表情も暗く陰る。伏せられた彼女の視線の先には、薄く開いた口で喘《あえ》ぐ恵那がいた。

伊之助は自分を救うために、己の人生を犠牲にするだけでなく、祥泉堂の仲間まで裏切った。

恵那をこんな目に遭わせてしまったのも、すべて自分のせいだ――。

綾には、そんなカンナの心の声が聞こえるようだった。太股《ふともも》に爪を立てるよう、袴をきつく握り締めた彼女からは、自身に対する厳しい呵責《かしやく》の念が感じられる。

「ごめんね、恵那ちゃん。あんたを傷つけるくらいなら、ウチは一生猫のままでいた方がよかったんだ」

痛切なカンナの謝罪に、恵那の睫毛《まつげ》がピクリと震えた。

薄っすらと瞼を上げた恵那は、虚ろな眼をゆっくりと瞬《しばた》かせ――やがて、驚くほど穏やかに微笑んだ。


「……カンナ、さん……そんな悲しいこと、言わないで……」

夢と現《うつつ》の境を彷徨《さまよ》いながらも、恵那はこれまでの会話に耳を傾けていた。

正直、もう喋る気力すらない。必死に紡いだ言葉もひどく掠れ、非常に聞き取り難いものだったが――それでも、伝えたいことがあった。

「私……いの先生の気持ち、分かります……」

「え」

「……好きな人を助けたいって思うことは、普通のことですから……」

仲間を裏切り、己の責務を放棄してまで、伊之助はカンナのために動いていた。

きっと、禁術である反魂術を使用した時から、彼の決意は固まったのだろう。人の道から外れ、どのような手段を使っても、彼女を元の姿に戻すのだ――と。

悔しいけれどその気持ちは、恵那が一番理解できた。

(私だって、扶人を助けられるなら何でもする)

逼迫《ひっぱく》した状況に陥《おちい》って初めて、伊之助の想いに共感してしまう。

この消えかけた命で、悠灘から扶人を取り戻せるなら安いものだ。彼を救えるのなら、修祓師の矜持なんて捨てられる。荒御霊や邪神とでも、禁断の契約を交わしてしまうだろう。

「……いの先生は、ここにいますか……？」

目を開いているはずなのに、何も見えない。

カンナの声は右隣から聞こえる。髪を梳いてくれている手は、繊細で温かい綾のものだ。枕元からは微かに火薬の匂いがするので、夏葉がそこに座っているのだろう。正体は不明だが、布団の中で丸くなっている、もふもふの毛皮がとても温かい。

視覚に頼らずとも、みんながどこにいるか当てられる。

けれど、伊之助の気配だけは感じられなかった。

「伊之助、こっちに来な！」

「いえ、私は……」

カンナが名前を呼ぶと、部屋の隅から初めて伊之助の声が聞こえた。

声の調子からして、相当落ち込んでいるらしい。恵那を騙した事に後ろめたさを感じているのか、伊之助は彼女の側に来ることを渋っていた。

「お前の都合なんか聞いちゃいないよ。恵那ちゃんが呼んでるんだから、さっさとしな！」

苛立った様子でカンナが立ち上がる。足音も荒く歩き出した彼女は、すぐに何かを引きずって戻ってきた。

戸惑ったように揺らぐ吐息に、恵那はふっと口元を緩める。

「いの先生……手を、握ってくれますか？」

尻込みする伊之助を、カンナが引っ張ってきてくれたのだろう。すぐ側にいると思われる彼に、恵那は細く震える右手を差し出した。

僅かな躊躇《ためら》いの間を置いて、冷え切った手が柔らかな温もりに包まれる。

「ねぇ、先生……私、怒ってるんですよ。カンナさんのこと、全部一人で抱え込んで……どうして、相談してくれなかったんですか？」

荒い呼吸の合間に弱々しく尋ねると、繋いだ手が怯んだように震えた。

返された反応は、たったのそれだけ。伊之助は言い訳をすることもせず、ただ黙って手を握り続けている。

(やっぱり、いの先生は悪い人じゃないわ)

弁解するだけ見苦しい。己の犯した罪の重さを知る伊之助は、潔《いさぎよ》く断罪の時を待っているのだろう。

けれど、彼の期待に副《そ》うつもりなど恵那にはなかった。

「……もう、一人で苦しまないでください。先生には、頼《たよ》れる仲間がいるんですから。それに、先生が辛いと……きっと、カンナさんも辛いから……」

たった独りで悩み続け、彼はどれほど心を痛めただろう。

自分のために思い悩む伊之助の姿に、カンナも人知れず悲嘆に暮れたはずだ。

「……これだけは、答えて下さい。先生は、カンナさんが好きですか……?」

「好きです。この世の、誰よりも」

即答した伊之助に、「だったら……」と恵那はふわりと微笑む。

「カンナさんが、好きなら……もう、悲しませては駄目ですよ? せっかく、元の姿に戻ったんだから……幸せにしてあげないと、私が許しません」

「恵那さん……っ」

伊之助が握る手の甲に、ぽたりと熱い雫《しずく》が落ちる。

あぁ、これは涙だ。次から次へと零れ落ちては、雨のように手を濡らしてゆく。

（いの先生の泣き顔、ちょっとだけ見てみたかったなぁ）

目だけでは飽き足らず、聴覚まで満足に機能しなくなってきた。それでも、何度も謝る伊之助の哀切な声だけは、不思議とよく聞こえる。

泣かないでと伝えたくても、唇が動かない。

ついに五感すべてを失い、恵那は何も感じられなくなった。

（もっと、沢山言いたいことがあったのに……）

出口を失った言葉たちが、胸の中で暴れている。どうにか気力を振り絞って喋ろうとするが、抗《あらが》い難《がた》いまどろみが脳内に満ち、全身から力が抜けてゆく。

命の炎が、静かに燃え尽きようとしている。

恵那は凪《な》いだ心境で、目前に迫る死と対峙《たいじ》していた。

（ごめんね、扶人。あなたが助けようとしてくれた命、無駄にしちゃうみたい）

死ぬことが、怖くないわけじゃない。

ただ、扶人に守られた命を亡くすことが、身を引き裂かれるよりも悲しかった。

（私を忘れたあなたは、今頃何をしているかしら？）

ゆっくり目を閉じると、瞼の裏に扶人の姿が明瞭に描き出される。

本当に、ずるい神様だ。いつもは不機嫌そうな仏頂面《ぶっちょうづら》でいるくせに、想像上の彼は、とても綺麗《きれい》に笑っていた。

（……一度でいいから、〝好き〟って伝えたかった……）

薄れゆく意識に反して、扶人への愛情が高まってゆく。

今なら、何万回だって「大好き」と言える。抱きついたら二度と離せなくなるくらい、彼のことを愛しているのに――未来永劫、この想いを伝える事は叶わない。

『どれだけの人間が、お前のもとを去ったとしても――我だけは最期《さいご》まで、お前の側にいてやろう』

暑い夏の庫裡《くり》で、彼は優しい笑顔でそう約束してくれた。

（約束、守れなかったのはお互い様ね）

扶人が誇れるような修祓師になる前に、自分の人生は終幕を迎える。

彼の側で死ねないことも、彼を独りにすることも辛い。それ以上に、扶人との約束を破ったことが、最大の心残りだった。

もう一度、生まれ変わることができたら、また扶人と巡り合いたい――。

消えかけの魂で、恵那は願う。

この人生では、扶人を守り切ることができなかった。ならば、来世も那国に生まれ落ちて、今度こそ彼を悠灘の魔手から救いたい。

（たとえ、逢えなくても……目に見えなくなったとしても……）

心だけは、ずっと側に――。

そんな想いは一筋の涙となり、静かに息を引き取った恵那の頬を流れた。


「…………」

淀みなくに動かされていた足が、ぴたりと止まった。

突然立ち止まった扶人に、彼の腕に絡みつく悠灘が小首を傾げる。

「どうしたの、扶人？」

光を失った闇色の瞳が、ぼんやりと東の空を見つめている。強力な術で自我を封じた彼が、命令以外の行動を取るはずがない。

――いったい、何を見ているのだろう。

扶人の視線を追った悠灘は、その先にある物を察した。

（トドメを刺し損ねたけど、どうやら無事に死んでくれたようね）

自我はなくとも、本能で下僕の死を感じ取ったのだろう。扶人は祥泉堂のある方角を、無感動に眺めている。

目障《めざわ》りな小娘が消えた。

悠灘の口角が、艶然《えんぜん》と吊り上げられる。

同時に、死後も扶人を惑わせ続ける恵那に、激しい嫉妬《しっと》と憎しみを抱く。

「いけない人ねぇ。あたしたちの目的地は、そっちじゃないでしょ？」

猫撫で声で語りかけると、扶人は進行方向へ視線を戻す。

森を出てすぐの小高い丘は、見晴らしが良い。そこからは、将軍の居城である巌紀城《いわきじょう》が燦然《さんぜん》とそびえる、葵都《あおいのみやこ》の城下町を隅々まで見渡すことができた。

「見なさい、扶人。あれがあたしたちの新居よ」

白魚《しらうお》のような指先が、城下町の一点をスッと指差す。

巌紀城に並び、絢爛豪華《けんらんごうか》な建物だ。前者を剛《ごう》の美と称するならば、後者は柔《じゅう》の美。初代の将軍が、扶人のために造らせた巨大な御殿《ごてん》である。

主が留守にしていながらも、荒廃した様子は微塵《みじん》も見当たらない。

建国当初と変わらぬ佇《たたず》まいは、まるで、扶人の帰りを待ち侘びていたかのようだ。

「御殿に着いたら、まずは着替えましょうね。あんたには、もっと華美な装いが似合うもの。その後は、あたしの手料理を食べてもらうわよ。あんたのために心を込めて、ご馳走《ちそう》をいっぱい作ってあげるから」

扶人に話しかけているようでいて、悠灘は答えを得ようとしない。

彼が黙って自分を見つめているだけで、空虚《くうきょ》な心が満たされるからだ。

「さぁ、休憩《きゅうけい》はもういいでしょ？　野宿なんてご免だもの。二人で甘い夜を過ごすためにも、早く御殿を目指すわよ」

組んだ腕を軽く引くと、扶人は無言で歩みを再開させた。

今や扶人は、等身大の操り人形だ。悠灘の命令には忠実に従う。拒否権を持たないどころか、何かを感じる心自体、強固に封じられているのだ。

扶人と寄り添って歩く悠灘は、幸せそうに笑っていた。それでも、限りなく赤に近い紫の瞳には、底知れない狂気が渦巻いている。

――楽しい人形遊びは、まだ始まったばかりだった。

夜が明けたばかりの祥泉堂の裏庭では、夏葉が一人で穴を掘っていた。

「恵那ちゃんの、ばーか」

踏み鋤《すき》でザクッと土を抉《えぐ》る度、彼は小さくしゃくり上げる。

昨夜から泣き続けているのに、涙は一向に止まらない。真っ赤に腫《は》れ上がった目が痛くて、もう泣きたくないのに、涙腺《るいせん》が壊れたように涙は溢れてくる。

「一流の修祓師になろうって、二人で約束したのに。恵那ちゃんがいなくなったら、毎日の当番だって、全部ボクが一人でやらなきゃいけないんだよ？」

掘り起こした土へ乱暴に鋤を突き立て、夏葉はずるずるとその場にしゃがみ込む。

「このままだとボク、身体の水分全部出し切って干からびちゃうよ。干物になったらどうしてくれんのさ、恵那ちゃん……っ」

春になると桜が見事に咲き誇る場所が、裏庭のこの一角である。

国守りの神の化身が白龍《はくりゅう》であると共に、彼が桜を司っていることは有名だ。扶人と引き裂かれた恵那が、少しでも心安らかに眠れるように——彼女の亡骸《なきがら》は、桜が最も綺麗に見える場所に埋葬《まいそう》することになった。

「夏葉、大丈夫か？」

地面を打つ杖《つえ》の音が近づいてきて、単調な声が背後からかけられる。

振り返った夏葉は、泣き濡れた顔で痛々しく笑う。

「綾先生こそ、大丈夫？　カンナさんと一緒に、恵那ちゃんの支度《したく》をしてたんでしょ？」

「私のことは気にするな。こういった場に立ち会うことは、初めてではない」

口では平静を装っているが、動かない表情の下で、彼女はどれほど悲しんでいるだろう。

無表情でも微かに震える綾の声が、夏葉の胸を切なく締めつける。

「……準備は整ったな……」

その時、カンナと伊之助を伴って篤巳神が姿を現した。

彼の腕に抱かれているのは、女性陣によって身体を清められた恵那だ。

薄っすらと死化粧を施された彼女は、まるで生きているかのようだった。今にも目を覚ましそうで、鼓動が止まっているのが嘘みたいだ。

「それって、白羽織だよね？」

恵那が纏っているのは死装束《しにしょうぞく》ではなく、修祓師の白羽織だった。

不思議そうに目を丸める夏葉に、カンナが憔悴《しょうすい》を隠せぬ顔で口を開く。

「この子は、誰よりも志が高い立派な修祓師だ。恵那ちゃんのような術師こそ、白羽織を纏うに相応《ふさわ》しいわ」

「……葛紗は、惜しい人材を失ったな……」

夏葉の掘った穴に、篤巳神はそっと恵那を横たえる。

「恵那ちゃん、本当に死んじゃったのかな？　本当は、ボクたちをビックリさせようと思って、狸寝入《たぬきねい》りしてるんじゃない？」

念願だった白羽織に袖を通した恵那の姿に、夏葉の肩が小刻みに震える。彼の傍らに膝をついた綾は、悲しみに打ちひしがれる幼い彼の身体を、真綿で包むように優しく抱き寄せた。

綾に縋りついた夏葉は、駄々をこねるように訴える。

「こんなに綺麗な顔をしてるのに、死んでるワケないよ！　負けず嫌いな恵那ちゃんが、扶人を取られたまま黙ってるなんて、絶対あり得ないんだから！」

「夏葉。気持ちは分かるが、もうやめなさい」

「だって、恵那ちゃんがいなくなるなんて嫌だよ！　簪《かんざし》を作ってあげるって約束してから、一生懸命材料のお金を貯めてたのに、ボクたちを置いて逝っちゃうなんて酷いじゃんか！」

「夏葉……っ」

普段より強い語気で名前を呼ばれ、夏葉はハッと口を噤《つぐ》む。

綾の顔を見上げると、彼女の硝子玉《ガラスだま》のような瞳から一筋の涙が零れた。無表情で静かに泣く綾は、湧き上がる悲しみを堪えるように、より強く夏葉を抱き締める。

「このような形で命を落として、一番悔やんでいるのは恵那本人だ。私たちが未練となれば、昇天する魂の邪魔になる。――今は、恵那を心残りなく送り出してやろう」

子供をあやすように、綾はぽんぽんと背中を叩く。くしゃりと顔を歪めた夏葉は、彼女の胸に顔を埋めて、ついに耐えきれず声を上げて泣き出した。

喉が張り裂けんばかりに泣きじゃくる夏葉に、カンナの目尻にも涙が浮かぶ。

――だが、泣いてばかりもいられない。

「恵那ちゃん、今までよく頑張ったね。安らかに眠るんだよ」

踏み鋤を手に取ったカンナは、丁寧に穴を埋めていく。その間、篤巳神は恵那の冥福を祈るように、ジッと目を閉じて佇んでいた。

やがて、裏庭には小さな土饅頭《どまんじゅう》が完成した。

「ほら、夏葉君。男の子がいつまで泣いてんのよ」

雪桜を墓標として立てたカンナは、ぐすぐす洟《はな》を啜る夏葉を立ち上がらせる。そして彼女は、事前に用意していた野菊の花束を夏葉に手渡した。

「この花を、恵那ちゃんに供《そな》えてやりな」

掻き混ぜるように頭を撫でられ、夏葉はこくりと頷く。

献花する夏葉を見守っていたカンナは、背後で動いた気配に嘆息する。

「教え子の墓前に手を合わせもしないで、どこに行くつもり？」

肩越しに振り返った彼女は、黙って立ち去ろうとしている伊之助の背に問いかけた。

歩みを止めた彼は、振り向きもせずに押し殺した声で答える。

「悠灘と、決着をつけてきます」

「何だって？」

「私の不徳な行いのせいで、扶人殿は悠灘に捕らわれてしまいました。恵那さんの無念を晴らすためにも、あの御方《おかた》を救出しなければ……」

「つまるところ、一人で悠灘のところに殴り込むってことね」

再度ため息をついたカンナは、伊之助の背後に立つと、彼の肩にそっと左手を乗せた。ようやく振り向いた伊之助に、彼女はにっこりと微笑み――その頬を、思い切り殴り飛ばす。

歯を食い縛ることもできず、伊之助の口内には血の味が広がった。

「恵那ちゃんのために、扶人殿を助けに行くだぁ？　お前の幼稚な自己満足のために、あの子を言い訳に使うんじゃないよ」

語気こそ荒らげることはなかったが、カンナの双眸は鋭利な光を湛えていた。

「一人で苦しむなって、恵那ちゃんが言ってたのを忘れたの？　相手は腐っても神だ。徒人のお前が単独で突っ込むなんて、自殺行為以外の何ものでもないよ」

「しかし、扶人殿をこのままには……っ」

「誰が、扶人殿を放置するって言った？　お助けするに決まってるでしょ」

きっぱりと言い切ったカンナは、呆然とする伊之助の額をベシッと指先で弾く。

ずれた眼鏡を直そうともせず、伊之助は赤くなった額を押さえる。彼の大きく見開かれた瞳には、眉を吊り上げたカンナが映っていた。

「今までずっと一緒だったのに。元の姿に戻った途端、ウチをお払い箱にする気？」

「カンナ……」

「恵那ちゃんの弔《とむら》い合戦をするなら、万全の準備と策を練ってからよ。篤巳神様も、お力になっていただけますね？」

祈りを捧げたまま微動だにしなかった篤巳神は、名前を呼ばれてようやく目を開ける。

気怠げな半眼で欠伸をした彼は、億劫《おっくう》そうに後ろ頭を掻く。

「……面倒だが、致し方あるまい。高級安眠枕と羽毛布団のためだ。俺にできる範囲でなら、知恵と力を貸してやる……」

「ボクだって、一緒に戦うよ！」

献花を終えた夏葉が、力強く参戦を表明する。目元は涙で濡れていたが、彼の瞳には強い闘志が宿っていた。

杖を頼りに立ち上がった綾も、いつになく神妙に切り出す。

「今回ばかりは私も、無理を承知で頭数に入れてもらおうか。何も、殴る斬るのみが戦闘ではない。私の掌術が役に立つこともあるだろう。無論、防御も治癒も攻撃も、最上級の術をすべて習得済みだ」

「――だってさ、伊之助」

唖然《あぜん》と立ち尽くす伊之助の背を、カンナはぽんっと叩く。

「生き急ぐことなんかで、罪は償《つぐな》えないんだよ。贖罪《しょくざい》の方法は、後でウチも一緒に探してやるから、まずは扶人殿をお助けすることに集中しよう」

「けれど、私は……」

言葉の途中で口ごもり、伊之助は後ろめたそうに視線を逸らす。

いつまでも煮え切らない態度の伊之助に、カンナが再度拳を握り締める。だが、彼女の鉄拳が炸裂《さくれつ》するよりも早く、伊之助の足元に転がったものがあった。――導火線に火のついた、小さな火薬玉だ。

火薬玉が破裂すると、中から色とりどりの紙吹雪が舞う。

「いの先生。あんまりウジウジしてると、今度は本物に火を点《つ》けるよ」

得意の創作火薬玉を炸裂させた夏葉は、新たな火薬玉を袖口から取り出す。

片手で火薬玉を弄《もてあそ》ぶ彼は、真っ向から伊之助を睨む。

「はっきり言わせてもらうけど、ボクは先生のことを許したくない。でも、恵那ちゃんは最期まで先生を責めなかった。だから、一つだけ確認させてよ」

「……何ですか？」

「先生が悠灘と戦う理由って、恵那ちゃんの仇討《あだう》ちと扶人を助けるため？」

心を偽ることを許さぬ、どこまでも率直な眼差しだ。

しばらく夏葉と見つめ合った伊之助は、やがて躊躇いがちに口を開いた。

「ええ、その通りですよ。先ほどカンナが言ったように、これは私の自己満足に過ぎないのでしょう。それでも、今の私が恵那さんのためにできることは、扶人殿をお救いするだけだと思うのです」

「なら、ボクたちと一緒に悠灘と戦えばいいじゃん。目的は同じなんだから、別々に戦う意味なんかないでしょ？」

「しかし、君は私を憎んでいるのではありませんか？」

仇《かたき》同然の者と、共闘を望むなんて。

何とも解《げ》せない面持ちで問うた伊之助に、夏葉はあっさりと頷く。

「当然、憎いに決まってるじゃん。でも、今は意地を張ってる場合じゃない。恵那ちゃんの仇が取れるなら、ボクは誰とだって手を組むよ」

手のひらで転がしていた火薬玉を、夏葉はギュッと握り締める。

普段は明るい笑みを絶やさず、末っ子のように甘えたことを言っている夏葉だが、彼にも男としての矜持がある。大事な仲間を殺されて、黙っていることはできない。

特に恵那は、夏葉にとって特別な存在だった。

辻斬《つじぎ》りの一閃《いっせん》としての、血に塗れたおぞましい過去を知った後も、彼女は自分を「仲間」だと言ってくれた。人殺しと嫌厭《けんえん》することなく、温かい笑顔をくれたのだ。

――そんな彼女のためになら、命を懸けることも惜しくはない。

「夏葉君が言ってる事の方が、全面的に正しいね。お前もそう思うだろ？」

カンナが肘《ひじ》で脇腹を小突《こづ》くと、伊之助は前髪で顔を隠すように俯《うつむ》く。

「生徒に窘《たしな》められるとは、私もまだまだですね……」

「その様子だと、頭がいい感じに冷えたようね？　次、一人で無茶しようとしたら、首に縄をつけてやるから覚悟しな」

真顔で脅された伊之助は、「勘弁してくださいよ」と苦笑する。

どこまでも自虐的だったが、それでも伊之助が笑った。思い詰めていた雰囲気も微かに薄れ、カンナは密かに安堵する。

「さぁて。伊之助の馬鹿が逃げ出さないうちに、作戦会議をおっぱじめるわよ。悠灘の行き先は、隠れ家で話しているのを盗み聞いて知ってる。問題はどう攻め落とすかだね」

ググッと背筋を伸ばしたカンナは、恵那の墓に背を向けて歩き出す。

彼女の後に続き、他の面々も本堂へと向き直ろうとした時――。


「……待って……」


恵那が埋葬されたばかりの墓から、墓標の雪桜が光の粒子となって弾けた。

雪桜だった光が、墓の下に溶け込んだ刹那――にょきっと、土饅頭から腕が生えた。

そのありえない光景に、夏葉は引き攣《つ》った悲鳴を上げる。篤巳神と綾も僅かに目を見開き、墓から生えた腕を凝視している。

誰もが言葉を失う中、地面に生える腕は二本に増えた。

「扶人を助けるなら、私も行くんだから！」

次の瞬間、力強い宣言と共に地中から飛び出してきたのは――死んだはずの、恵那だった。

重力を無視して、ふわりと宙に飛び上がった恵那の姿に、夏葉は顎《あご》が外れんばかりに口を開く。伊之助など、今にも卒倒しそうな顔色で愕然としている。

白羽織の裾を翻して蒼穹《そうきゅう》を舞った恵那は、羽根のように軽く着地した。

「私を仲間外れにするなんて、酷いじゃないですか！　扶人の下僕は私なんだから、一緒に戦わせてくださいよ！」

むくれ顔で息巻く恵那に、夏葉の喉がヒクリと震える。

髪の色が薄くなり、黒曜石を思わせる瞳は琥珀《こはく》色に変わっていたが――姿だけでなく、声から言動まで、彼女は間違いなく恵那本人だった。

「ひぎゃあぁぁ――っっ!!　で、出たぁぁぁあ――っっっ!!」

遠慮もへったくれもなく絶叫した夏葉は、綾の腰に飛びつく。

キーンと痛む耳を押さえた恵那は、学友の薄情な態度に唇を尖らせた。

「なによ、夏葉ったら。人の顔を見るなり悲鳴を上げるなんて。仲間外れの次は、私を化け物扱いするつもり？」

「だ、だって！　恵那ちゃん、死んだはずでしょ？」

「はあっ!?　私が、死んだですって？」

何の冗談だとばかりに、恵那は眉を顰める。

「不吉なこと言わないでよ。私が死ぬわけないじゃない。現に、こうしてあんたの前に立ってるでしょ？」

「……いや、お前は死んでいるぞ……」

寝起きのような掠れ声で、篤巳神が指摘する。彼は感慨深げに顎を撫で摩《さす》りながら、恵那の姿を上から下へまじまじと眺めた。

眠たげな半眼の美貌から熱心に見つめられ、恵那は思わず頬を赤らめる。

「あ、あの。私が死んでるって、どういうことですか？」

「……面倒だろうが、胸に手を当て、よく思い返してみろ……」

「は、はぁ……」

恵那は困惑したように首を傾げたが、言われた通り胸に手を当てる。

はっきりと覚えているのは、扶人のことだ。意識を失う直前まで、悠灘に捕らわれた彼を助けなければと、呪詛《じゅそ》のごとく心の中で繰り返していた。

（――あれ？）

そういえば。突然目が覚めたけれど、自分はいつ意識を失ったんだっけ？

気づけば胸に触れていた手が、腹部に移動していた。着物の上からそろりと撫でると、傷もないのに疼くような痛みを感じる。

人質になっている最中に、打擲でも負ったのだろうか？

（違う。この痛みは、殴られたんじゃなくて……）

そこまで考えた恵那の脳裏《のうり》で、膨大な記憶が一気に弾けた。

己の身体を貫いた、血濡れた白刃。その刀を携え、狂気的に微笑む女神の姿が蘇《よみがえ》る。同時に、彼女に扶人を奪われた喪失感と、失意のまま迎えた臨終《りんじゅう》まで鮮明に思い出した。

「ど、どうして？」

目をぱちくりと瞬かせる。意識を失う前は何も見えなかったのに、今は仲間たちの顔をはっきりと見ることができた。声も自由に出るし、呼吸だって苦しくない。

——でも、これはいったいどういうことだ？

「なんで私、生きてるのよ……」

間抜《まぬ》けな恵那の呟きに、答える者は誰もいなかった。

第四章　魂からの切なる願い

那国《なこく》の政《まつりごと》の要所である、葵都《あおいのみやこ》。

その中心部に、将軍の居城である巌紀城《いわきじょう》は威風堂々《いふうどうどう》とそびえている。

「う、上様ぁ！　一大事でございまするぅ～っ！」

粛々《しゅくしゅく》とした空気が、裏返ったしゃがれ声によって破られた。

遠くから聞こえる慌《あわ》ただしい足音に、政務に励《はげ》んでいた俊太郎《しゅんたろう》は嘆息《たんそく》する。父の跡を継ぎ、天道俊之《てんどうとしゆき》として将軍に就任してからというもの、老中の悲鳴を聞かぬ日はなかった。

「何が一大事だ。あいつらにだけは、礼儀作法云々で説教されたくないな」

さらりと毒づいた俊太郎は、手にしていた筆を置く。

心底うんざりした様子の新将軍に、政務の手伝いをしていた副将軍の篠島飛鳥《しのじまあすか》が、堪《こら》え切れずに苦笑を漏らす。

「そう邪険にしないで下さい。上様は、皆さんに好かれているのですよ」

「いいや、俺が好かれているんじゃない。国守りの神に祝福された将軍だから、物珍しくて寄ってくるんだ。まったく、就任式の最中にころっと手のひらを返しやがって……」

「あー……。あれは確かに、一生悪夢に見そうですねぇ」

ぶちぶちと愚痴《ぐち》る俊太郎に、飛鳥も遠い目になって同意する。

俊太郎は私生児として育ち、最近まで祥泉堂《しょうせんどう》で修祓師《しゅばつし》を目指していた。父である天道俊明《としあき》の遺言状により、その存在が白日のもとに晒《さら》され、夏頃に巌紀城へ入城を果たしたのだ。

将軍の就任式での事は、今思い出しても不愉快な気分になる。

平民出の将軍を前に、家臣たちは平伏《へいふく》を拒《こば》んだ。「お前など主と認めない」と態度で示され、非常に歯痒《はがゆ》い思いをしたが――状況は、勇壮な白龍《はくりゅう》の登場と共に一転した。

「扶人《ふひと》さん……いえ、扶人様が国守り様だったなんて、上様からこっそり教えていただいた時は、本当に驚きましたよ。思わずほっぺを抓《つね》って、とっても痛かったのを覚えています」

広げていた書状を閉じ、飛鳥は恥ずかしそうに頬を摩《さす》る。

実年齢よりも幼く見える彼の笑顔に、俊太郎もつられて口元を綻《ほころ》ばせた。

「扶人様が後ろ盾になってくださったお陰で、無用な敵を作らずに済んだ。取り入ろうとしてくる連中が増えたのは鬱陶《うっとう》しいが、贅沢《ぜいたく》を言っては罰が当たるな」

「目下の問題は、押し寄せる縁談の波ですかね？」

笑った拍子にずり落ちた眼鏡《めがね》の位置を直し、飛鳥は揶揄《やゆ》するように尋ねる。

行儀悪く脇息《きょうそく》に頬杖をついた俊太郎は、胸焼けしたような顔で唸《うな》った。

「それはお互い様だ。飛鳥さんだって、良家《りょうけ》の娘との縁談が山積みだろう？」

「上様が断られた娘さんが、僕に回ってきているんですよ。こんな情けない男でも、肩書きだけは立派なものですから」

「そんなことはない。飛鳥さんは、政務に慣れない俺を支えてくれるじゃないか。的確な助言をくれたり、頭の固い連中の相手をする時、間に立ってくれるから本当に助かる。俺一人だと勢いに任せて、怒鳴《どな》りつけそうになるからな」

「まぁ、頭を使うことだけは得意ですからね。それ以外のことになると、僕なんて影と幸の薄い冴《さ》えない男ですよ」

眉を垂らして笑い、飛鳥はぽりぽりと頬を掻《か》く。

「何にせよ、僕が身を固めるのは上様がご結婚なされてからですね」

「む……。俺は、結婚するつもりなんてないぞ」

「ご世継ぎを生《な》すことも、将軍としての立派なお務《つと》めです。今朝も、上様が一向に大奥に通われないと、老中たちから泣きつかれたんですよ？」

痛いところをつかれた俊太郎は、苦虫を噛《か》み潰《つぶ》したような渋面《じゅうめん》になる。

「あんな白粉《おしろい》臭い女だらけの場所、誰が好き好んで行くか」

「それは困りましたね。上様がご結婚なさらないと、僕の婚期まで遠退《とおの》いてしまいます」

飛鳥は「ふふっ」と穏やかに笑《え》むと、おもむろに立ち上がった。

彼が障子《しょうじ》の前に立つと同時に、廊下から干乾《ひから》びた声が掛けられる。

「う、うえしゃまぁ……い、一大事にございましゅる……っ」

長い廊下を激走するうちに、体力が歳に負けたのだろう。声の調子からして、相手が虫の息状態なのは確実だ。

「これはこれは、板倉《いたくら》殿。どうなさいました？」

飛鳥が障子を開けると、よれよれの老人が室内に倒れ込んできた。

畳に両手をつき、苦しそうに荒い呼吸を繰り返す老人の背を、飛鳥が甲斐甲斐《かいがい》しく摩《さす》ってやる。彼は老中の一人で、名を板倉と言う。口煩《くちうるさ》い老中陣の中では、比較的融通《ゆうずう》の利く物腰の柔らかな人物だ。

「どうしたのだ、板倉。火急《かきゅう》の用向きか？」

口調を改めた俊太郎は、瞬時に厳格な将軍の顔つきになる。

ようやく息を整えた老中の板倉は、生唾《なまつば》を呑み込んで興奮したように叫ぶ。

「上様、慶事《けいじ》でございますぞ！　国守り様が、御殿《ごてん》にお帰りになられたそうでございます！」

「何だと？」

予期せぬ報告に、俊太郎の肘《ひじ》が脇息からずり落ちた。

「それは確かな情報か？」

「今しがた、総社《そうじゃ》の大宮司《だいぐうじ》様から直々に報告を受けましたので、嘘偽りのない事実でございます」

「だとしたら、妙だな……」

「はい？」

ぽつりと零《こぼ》された将軍の言葉に、板倉は不思議そうに目を丸める。

彼は何事か尋ねようと口を開くが、それよりも先に飛鳥が少し大げさに声を上げた。

「く、国守り様がお帰りになられたのは、とても喜ばしいことではありませんか！　さぁ、板倉殿。取り急ぎ城中の者たちにも報《しら》せなくては」

「おぉ、それもそうですな。他の老中衆にも報告せねばなりませんし、わたくしはこれにて失礼させていただきまする」

「走るとお身体《からだ》に障るので、ゆっくりでお願いします」

機転を利かせた飛鳥により、板倉は将軍の異変を気にかけることなく、わたわたと執務室から飛び出して行った。

「上様。板倉様の仰《おっしゃ》っていたことは、誠でしょうか？」

障子を閉めて振り向いた飛鳥に、俊太郎は難しい顔で眉間《みけん》を押さえる。

「総社の大宮司がわざわざ出向いたくらいだ。真実でなければ大問題になるだろう。だが、気になることがある」

「恵那《えな》さんのことですね？」

脇息に頬杖をつき直し、俊太郎は緩《ゆる》く首肯《しゅこう》した。

扶人が御殿に戻ったのなら、下僕《げぼく》である恵那はどうなったのだろう？　神社側が二人を引き離そうとしたところで、それを扶人が許すとは思えない。

（なら、恵那も一緒なのか？）

状況から考えると、その説が最も有力だ。

しかし、俊太郎はどうしても納得できなかった。

長年御殿を留守にしていた国守りの神が、何の前触れもなく戻ってくるなんておかしい。扶人の性格からして、総社から迎えがきたとしても十中八九逃げ出す。恵那とて、嫌がる彼を神社に渡しはしないはずだ。

「いったい、どうなっているんだ……」

考えれば考えるほど、疑念は深まってゆく。

「御庭番《おにわばん》に命じて、詳しい状況を探《さぐ》らせましょうか？」

眉間の皺《しわ》を深くする俊太郎に、飛鳥も神妙な顔で申し出た。

総社の大宮司に、直接真相を聞くのも手だが——将軍家が政治利用目的で、国守りの神について詮索していると勘繰《かんぐ》られては、後々厄介《やっかい》なことになる。

「やはり、御庭番に探らせるのが一番だな」

「名目の方ですが、〝将軍家と国守りの神との関係を、良好に保つための調査〟でいかがでしようか？　無論、老中たちには内密で事を進めるよう厳命しておきます」

眼鏡を知的に輝かせた飛鳥に、俊太郎は「それで頼む」と最終的な判断を下す。

飛鳥は顎《あご》を引いて頷《うなず》くと、閉めたばかりの障子を開ける。すると、いつからそこにいたのだろう。廊下には紫の矢羽柄《やばねがら》の着物を着た娘が、忽然《こつぜん》と現われていた。

「上様に副将軍様、お久しゅうございます」

「あっ、こら！　勝手に入ってはいけませんよ」

執務室に入ろうとする娘を、飛鳥は慌てて捕らえようとする。が、伸ばした腕は空を切り、娘はいきなり俊太郎に抱きつこうとした。

将軍になる前は、修祓師として荒御霊《あらみたま》と戦っていた身だ。娘の抱擁《ほうよう》を軽くかわした俊太郎は、傍《かたわ》らの太刀《たち》を手に取った。

鯉口《こいぐち》を切った俊太郎は、鋭い声で問う。

「貴様、何者だ。余《よ》の暗殺が目的か？」

返答次第では、女でも容赦はしない。

気迫たっぷりに凄《すご》んだ俊太郎に、飛鳥も慌てて壁にかけられた槍を手に取った。将軍と副将軍から武器を向けられた娘は、顔を伏せて肩を小刻みに震わせ出す。

「……くっ」

嚙み締めた唇から、堪え切れず苦しげな吐息が漏れる。泣いているのだろうか。敵とはいえ、女の涙は苦手だと、俊太郎が眉を顰《ひそ》めた次の瞬間――。

執務室の張り詰めた空気は、場違いな笑い声によって崩された。

「あーっはっは！　もー駄目、我慢できないッ！」

清楚《せいそ》な外見に反して、娘は腹を抱えて笑い転げる。

その豹変《ひょうへん》ぶりに、俊太郎と飛鳥はぽかんと顔を見合わせた。

「俊ちゃん、すっかり将軍様らしくなったねぇ。まさか自分のことを、〝余〟って言ってるなんて……ぷっ、くくく……っ」

「お前、まさか⁉」

親しげに以前の愛称で呼ばれ、俊太郎はギョッと目を瞠《みは》る。

声の調子を変えた娘は、目の端に浮いた涙を拭《ぬぐ》いながら顔を上げた。

「ボクの演技もなかなかでしょ？　この変装だって、可愛い侍女にしか見えないよね」

長い睫毛《まつげ》をぱちんと瞬《また》かせ、片目を閉じて見せた娘に脱力する。

顔には薄化粧を施し、長い髪を簪《かんざし》で結い上げていたので分からなかった。口調も声音も変えていたのだから、気づかなくて当然だ。

謎の娘の正体は――驚くべきことに、祥泉堂の学友である夏葉《なつは》だった。

「夏葉！　お前、こんなところで何してるんだ⁉」

動揺を隠さず俊太郎が詰め寄ると、夏葉は自分の口元に人差し指を当てる。

「しーっ、あんまり騒がないでよ。いくらボクだって、遊び目的でお城に不法侵入したりしないってば。国の威信に関わる、重大な任務でここまできたんだから」

「……もしかして、扶人様のことか？」

彼が御殿に戻ったと報告が入った直後に、夏葉が現れたのだ。この二つを、切り離して考えることはできない。

どうやら、その考えは当たっていたようだ。

いつにも増して女顔の夏葉は、本当の少女のように頬を染《そ》めて歓声を上げた。

「さすが俊ちゃん、痒いところに手が届く！」

「それ、褒《ほ》め言葉としては微妙だぞ。つーか、扶人様に何があったんだよ？　いきなり御殿に戻ってきたとかで、年寄りが狂喜して大騒ぎしてるんだが……」

訝《いぶか》しげに俊太郎が眉を顰めていると、夏葉はひょこんと立ち上がった。彼からスッと手を差し伸べられ、俊太郎は益々眉間の皺を深くする。

夏葉は淡く紅を引いた唇で笑い、女声を作って言う。

「詳しいことは、大奥でお話し致しますわ。〝姫様〟がお待ちですのでお急ぎ下さい」

姫という単語で思い浮かんだのは、もう一人の学友である恵那だった。

あいつも来ているのかと、俊太郎は心底辟易《へきえき》したように項垂《うなだ》れる。彼女と会えるのは嬉しいが、なぜ、よりにもよって大奥で待っているのだろう？

（あんな場所、できれば足を踏み入れたくないんだが……仕方ない）

学友たちが、危険を冒してまで城に忍び込んできた。それには込み入った仔細《しさい》があり、自分の力が必要になったからだろう。

――仲間のためなら、一肌でも二肌でも脱いでやろうじゃないか。

腹を括《くく》った俊太郎は、いまだ事態を呑み込めずにいる飛鳥をよそに、確かな力で夏葉の手を取った。

大奥の煌《きら》びやかな一室には、祥泉堂の面子《めんつ》が勢揃《せいぞろ》いしていた。

「お城って、案外簡単に潜入できるんですね。もっと苦労するかと思ってたのに、何だか拍子抜けしちゃいました」

物珍しそうに辺りを見回す恵那は、綿がたっぷり入った座布団に座っている――ように見せかけて、その上に半《なか》ば浮いていた。

生き返ったかと思いきや、どうやら自分は和御霊《にぎみたま》になったらしい。

篤巳神曰《あつみがみいわ》く、「心残りがありすぎて、昇天《しょうてん》できなかったんだろう……多分」だそうだ。非常に曖昧《あいまい》な見解だったが、恵那もきっとそうだと納得した。

——扶人を助けるまでは、死んでも死にきれない。

その想いが天に通じて、霊体として舞い戻ってくることができたのだろう。

「まさか、都の外れにある古井戸が大奥に続いていたとはねぇ」

入口付近に番傘を抱えて座っているのは、矢羽柄の着物を纏《まと》うカンナだ。

「……あの地下道は、初代将軍が秘密裏に作らせたものだ。必要以上に入り組んだ作りの上、仕掛けられた罠《わな》は数知れず。正しい脱出経路を知る者どころか、地下道の存在自体、もう忘れ去られているだろう……」

部屋の奥にある柱へ身を預けた篤巳神は、船を漕《こ》ぎながらぼそっと呟《つぶや》く。

さすがは、総社の御神体に据《す》えられた神様だ。罠だらけの迷路のような抜け道を、淀《よど》みない足取りで先導してくれた彼に、恵那は尊敬の念を抱くと同時に反省した。

寝汚《いぎたな》いだけの神様かと勘違いして、ごめんなさい——と。

「それにしても、カンナ殿はどうやってこの部屋を確保したのだ？」

銀狼《ぎんろう》の姿になった篤巳神の背に乗り、ここまで移動してきた綾《あや》は、今更ながらの疑問をカンナに投げかける。

抜け道の出口は、大奥の物置にある押入れに通じていた。一行を待機させたカンナは、侍女の着物をどこからか調達してきて、再度どこかへ出て行き——あっさり、この部屋を用意してしまった。

胸元を寛《くつろ》げるカンナは、白い歯を覗《のぞ》かせて笑う。

「ウチの口車を以《もっ》てすれば、これくらいのことはお茶の子さいさいよ」

つまり、言葉巧みにゴリ押しをしたということか。

ケラケラと笑っているカンナに、恵那は軽い眩暈《めまい》を覚える。

猫だった頃は、日向《ひなた》ぼっこが大好きで昼寝ばかりしていた。まったりやだと思っていた彼女が、これほど豪快な人柄をしていたとは、今でも正直信じられない。

（猫と人間じゃ身体の構造が違うから……それで性格まで変わるのかしら？）

恵那がぼんやりと、妙にズレたことを考えていた時だった。

「皆さん、誰か来たようですよ」

カンナの隣に正座する伊之助《いのすけ》が、抑えた声で注意を促《うなが》す。

無駄な思考を切り上げ、恵那は耳を澄ませた。確かに廊下からは、数人分の足音が近づいてくる。

（あ……）

和御霊となったからだろうか。こちらに向かってくる人物の気配を、詳細に感じることができる。

この懐かしい霊力の持ち主は、〝彼〟しかいない。

「上様の御《お》なりでございます」

廊下から声が掛けられると、伊之助が速《すみ》やかに障子を開ける。

そこには女装した夏葉と共に、数カ月ぶりに見る学友の姿があった。

（やっぱり、俊ちゃんだ！）

上等な着物で身を包んでいても、誠実な顔つきはまったく変わっていない。

将軍に就任したら、二度と会えないと覚悟していたが、このような形で再会するとは思わなかった。感動から胸が熱くなり、頬は自然と緩んでしまう。

飛鳥を伴って入室した俊太郎は、そこに広がる光景に愕然《がくぜん》とする。

「せ、先生方までいらしていたのですか⁉　それに、そちらの方々は――……」

事情を知らぬ俊太郎は、カンナと篤巳神を順々に見遣《みや》り――最後に恵那を視界に収め、中途半端に言葉を途切らせた。

珍獣でも見るかのように凝視され、居心地《いごこち》が悪くなった恵那は「えへっ」と笑う。

「俊ちゃん、久しぶり」

そう言って手を振ると、余計に俊太郎の表情は懐疑的になった。

上から下へと、痛いくらいに視線が這《は》う。彼の背後に控える飛鳥も、ずれた眼鏡を直そうともせず、唖然とこちらを見つめている。

「……お前、恵那だよな？」

「なっ⁉　俊ちゃんってば、私のことだけ忘れちゃったの？」

「違う！　いつの間にか白羽織《しろばおり》を着てるし、目とか髪の色が明らかにおかしいだろう。俺がいなくなった後に、いったい何があったんだ？」

「そ、それは……」

一番触れられたくないことを、早速突っ込まれてしまった。しかし、俊太郎の協力を得るためには、これまでの経緯を説明する必要がある。

隠したところでいずれは知られる事だし、仲間に秘密は作りたくない。

ここは気まずい雰囲気《ふんいき》になる前に、潔《いさぎよ》く話してしまおう。

「私、死んじゃったんだよね」

「……は？」

苦笑交じりに明かされた事実に、俊太郎は盛大に眉を顰める。

寝惚《ねぼ》けているのかと、暗に問いたげな表情だ。

「死んだってどういうことだ？　冗談にしては性質《たち》が悪いぞ」

「そうですよ、恵那さん！　もし、あなたがお亡くなりになっているとしたら、どうして僕たちの前にいるのですか？」

将軍と副将軍から揃って詰め寄られ、恵那は思わず仰《の》け反《ぞ》ってしまう。

「まぁまぁ。二人共、落ち着いて」

「この馬鹿！　仲間が死んだと聞かされて、落ち着いていられるか」

祥泉堂にいた頃のノリに戻った俊太郎は、へらへらと笑っている恵那を一喝して、彼女の肩を摑《つか》もうとする。

――が、その手はスカッと恵那の身体をすり抜けた。

「な……っ！」

俊太郎は自分の手を呆然と見下ろす。衝撃的な光景を目《ま》の当たりにした飛鳥など、腰を抜かしてその場にぺたんと座り込む。

度肝を抜かれた二人に、恵那は「ほらね？」と困ったように笑う。

「私は一度死んで、和御霊としてこの世に戻ってきたの。髪と目の色が変わっちゃったけど、姿は霊力がない人にも見ることができるわよ。ただ、気を抜くと物がすり抜けちゃったり、身体が浮いちゃうのよね」

事もなげに説明する恵那に、飛鳥は声もなく目を瞬かせている。だが、修祓師としての知識を持つ俊太郎は、すぐに我を取り戻した。

「お前、死んだってどういうことだよ？　いったい誰に、そんなことされたんだ！」

今度こそ恵那の肩をしっかりと摑み、俊太郎は語気を荒らげて問う。

肌に指先が食い込んで痛い。それでも恵那は、俊太郎の手を振り払わなかった。彼の方が、よっぽど辛《つら》そうな顔をしていたからだ。

「俊ちゃん、これまでのことを全部話すわ」

俊太郎の瞳をまっすぐ見据《みす》えて、恵那は真摯《しんし》な態度で切り出す。

切実な琥珀色《こはくいろ》の眼差《まなざ》しを、たっぷりと三秒見つめ――俊太郎も意を決して頷いた。


包み隠さず、何もかも話した。

伊之助が仕組んだ偽の実戦試験中に、百面鬼《ひやくめんき》に誘拐されたこと。攫《さら》われた先で悠灘《ゆうなだ》という女神《めがみ》に出会い、彼女に扶人を奪《うば》われ――自分が殺されたことも。

話している最中、恵那は改めて思い知らされる。色々なことがあったが、すべて、ここ二日間で起きたということを。

――扶人がいなくなって、まだ二日。

けれど恵那には、そう思うことはできなかった。

彼が隣にいないだけで、一日が永遠にも感じられる。重ねられる時も、握った砂が指の隙間《すきま》から零れ落ちるように、何の意味も成さずサラサラと流れてゆく。

「……大体のことは、把握した」

恵那の正面に座した俊太郎は、緩く腕を組んで嘆息する。

眉間の皺は、痕《あと》が残りそうなほど深い。何か言いたげな顔をしているが、それでも彼がジッと押し黙っているのは、気持ちの整理をしているのだろう。

「扶人様が御殿へお戻りになられたと、先ほど老中から報せが入った」

やがて、俊太郎はとつとつと語り出した。

「神社から迎えが来たとしても、素直に従う扶人様ではあるまい。だから、扶人様が御殿に戻られたことを、飛鳥さんと不審に思っていたんだ」

「夏葉君のお迎えがもう少し遅ければ、御庭番に命じて事情を探らせていたところです。その前に、詳しいお話が聞けて助かりました」

俊太郎の側《そば》に控える飛鳥は、もうふ抜けた顔をしていなかった。

何もない所でも転び、十日に一度は眼鏡を割るドジっ子だが、彼は誰よりも頭の回転が早い。知将の飛鳥は顎に指を添《そ》え、早速策を講じ始めた。

「扶人様は現在、自我を失い悠灘の傀儡《かいらい》となっておられる。――篤巳神様、その状態が長く続くと、どのような弊害《へいがい》が及びますでしょうか？」

「……扶人は国の化身だ。国と運命を共にする、那国の最高神であり……逆に、国もあいつと運命を共にしている……」

つまり……と続けた篤巳神は、眠たげに目元を擦《こす》る。

「国の片割れである扶人が、自我を失った今……あいつが失ったものに見合うだけのものを、国も失うかもしれない。面倒な事に、な……」

「おそらく、国が失う最も有力なものは〝人命〟でしょう。国を興すのは人であり、人あってこその国ですから」

「……だろうな。問題は、どのようにして人命が失われるかだ。地震に津波、疫病《えきびょう》が蔓延《まんえん》することもあるだろう。考えただけでも、面倒だ……」

篤巳神の気怠《けだる》げな言葉に、恵那はごくりと生唾《なまつば》を呑み込む。

彼の予想が的中したら、どれほどの被害を被《こうむ》るだろう。大勢の人々が命を落とし、生き残った者たちとて、住む場所を失い飢餓に苦しむはずだ。

(そんなことになったら、荒御霊が大量に発生するかもしれないわ)

二次災害が、新たな悲劇の引き金となる。

三次、四次と、被害が拡大してゆくことは明白だ。

「この国に生きる人たちのためにも、絶対に扶人を助けなくちゃ」

心で思ったつもりの決意は、無意識に口から転がり出ていた。

もう一度、彼の隣に立ちたい。そして、一生伝えられないと思っていた気持ちを、聞いてもらうんだ。

現状に国と人命まで絡《から》んだ今、恵那のやる気は一際大きく燃え上がる。

「ねぇ、俊ちゃん。将軍様の力を使って、扶人に近づくことはできないかしら？」

意気込んで恵那が尋ねると、俊太郎は重苦しく唸った。

「助けになってやりたいのは山々だが、下手に将軍家が国守りの神と接触を図《はか》れば、神社との関係に亀裂が入りかねない。そんな事態を阻止するために、老中共は皺腹《しわばら》掻き斬《か　き》る覚悟で、俺の暴挙を止めに入るだろう。本気になった奴らは、厄介だぞ」

「そ、そんなぁ。将軍様だったら、御殿にも入れるかと思ったのに……」

「いえ、手段なら一つだけありますよ」

落胆して項垂れた恵那は、飛鳥の提示した希望にガバッと顔を上げた。

眼鏡を押し上げた彼は、伏し目がちに持論を展開する。

「幸いなことに、上様と僕は国守り様と面識があります。それを利用すれば、短時間の謁見《えっけん》くらいは許されるでしょう。悠灘が警戒しているのは、十三神様方と祥泉堂の皆さんです。よもや、将軍家が扶人様に手を出すとは、夢にも思っていないでしょうから」

「でもさぁ、それだと扶人を助けられなくない？　だって、俊ちゃんと飛鳥ちゃんしか、御殿に入れないわけでしょ？」

小首を傾《かし》げて口を挟んだ夏葉に、飛鳥は珍しく得意げに笑う。

「多少危険は伴いますが、皆さんもご一緒できる方法はありますよ。国守り様のお帰りを祝して、楽舞《がくぶ》を演じれば良いのですから」

「なるほど。ウチらは、楽師と舞人に扮して潜入するんだね？」

飛鳥の立てる作戦に、カンナは感心したように頷く。

その時、黙って事の成り行きを見守っていた綾が、おもむろに挙手をした。

「副将軍様。私は足が不自由ですので、満足に歩くこともできません。たとえ楽師に化けたとしても、同行は不可能ではありませんか？」

「その点も、ご心配には及びませんよ。高位の巫女《みこ》の衣装を用意しますから。地位さえ高ければ、輿《こし》に乗って移動することができます」

「むしろ、綾先生が輿に乗っていた方が好都合よね」

だってさぁ――と、カンナは楽しい悪戯《いたずら》を思いついたように笑う。

「将軍家に仕える高位の巫女が、身体の不調を押してまでやってきたんだ。無下《むげ》に追い返される確率も減るだろうし、楽師としての腕前も勝手に見込んでもらえるんじゃない？」

「……まぁ、相手は御殿の警備を任せられた衛士だ。心理作戦は期待しないにしても……輿は、色々と使えるかもしれないな……」

カンナに釣られたように、篤巳神までニヤリと笑む。

やる気になったのは、恵那だけではなかったようだ。作戦を練っているうちに、他の面子も積極的に意見を出すようになった。

「輿が使えるなら、楽師が持つ楽器だって使えるよね。琴や琵琶の中になら武器を仕込めるもん。検査されてもバレないように、ボクが腕を振るっちゃうよ！」

「では、楽器の細工は夏葉君にお任せしますね。それよりも問題なのは――……」

それまで淀みなく喋っていた飛鳥が、何事か言い難そうに口ごもる。彼が戸惑いがちに見つめているのは、先ほどから無言を貫いている伊之助だった。

飛鳥の心中を察したカンナが、代わりに〝それ〟を指摘する。

「確かに、敵方に顔が知れてるヤツがいるのは厄介よね。でも、舞人として本番で面をつければ大丈夫じゃない？　どうせ悠灘は、扶人様と謁見の間で待機してるんでしょ？」

「ええ、おそらくは」

「だったら、移動中に鉢合わせる心配はないし、衛士にだったら顔を見られても問題はない。ウチも顔を見られてるけど、チラッとだったし、付け毛と化粧で誤魔化せるわよね」

平然と受け答えをしているカンナだが、恵那には彼女の気持ちが理解できた。

伊之助は、一度仲間を裏切った身だ。行動を共にしていても、彼は自ら壁を作って他者との接触を避けていた。自責の念で、針の筵《むしろ》に座っているような心境だろう。

（誰だって、好きな人が弱っている姿は見たくないわよね……）

だからこそカンナは、さり気なく彼を庇《かば》っているのだ。

「あっ、顔を知られてるのは私もですよ」

伊之助から注目を逸《そ》らすため、恵那は少し大げさに声を上げた。

「でも、髪の毛と目の色が変わったから、カンナさんみたく変装すれば大丈夫かな？」

「……いや、霊体と生者では気配が違う。変装をしたところで、あの女狐《めぎつね》には一瞬で見破られるぞ……」

欠伸《あくび》を噛み殺す篤巳神は、なぜか飛鳥の肩をポンッと叩く。

飛鳥からきょとんと顔を見返されても気にせず、半寝状態の神様は告げる。

「……恵那さんは、この者に憑依《ひょうい》して潜入しろ……」

「ひょ、憑依ですか⁉」

「……見たところ、こいつは霊媒《れいばい》体質のようだ。これなら、初めてでも入り込むのは簡単だ。生者に憑依していれば、気配を隠すこともできる上に、潜入が楽だろう……」

危険なことは何もない、肉体を共有するだけだ。

篤巳神の漠然とした説明に、飛鳥は「はぁ」と生返事をする。いくら頭脳派な彼でも、修祓師関連の知識には疎《うと》いようだ。

「あの、飛鳥さん。嫌だったら断ってもいいんですよ？」

恵那がおずおずと助け舟を出すと、飛鳥は我に返って首を左右に振る。

「いえ、僕のことでしたらお気遣いなく。恵那さんと扶人様には、兄のことでお世話になりましたから。その恩返しができるのなら、身体くらいご自由にお使いください」

「ほ、本当にいいんですか？」

「幸い、僕は女の子じゃありませんからね。生傷の一つや二つ、どーんと作っても大丈夫ですよ。男の勲章《くんしょう》にしますから」

参謀《さんぼう》として策を練る時は、的を射た発言しかしないのに。緊張の糸が切れると、たちまち天然なドジっ子に戻ってしまう。

斜め上に突き抜けた開き直り方が、いかにも飛鳥らしい。

「……俺は神だ。今の扶人に近づけば、神格を剝奪《はくだつ》されて存在を消されてしまう。だから、同行することはできない……」

ぼそりと呟いた篤巳神は、自分の手を見下ろす。

「扶人はよく、神とは無力なものだと言っていた。そして、人の子は儚《はかな》くも強い……とな。その意味が、やっと分かった気がする……」

開いていた手のひらを握り締め、篤巳神は翡翠《ひすい》色の瞳で恵那を見つめる。

甘いまどろみのたゆたう、澄んだ湖面のような双眸《そうぼう》だ。心の奥底まで見透かされそうで、恵那は思わず息を詰めた。

「……十三神の長として、お前たちに頼む……」

寄り掛かっていた柱から身を起こし、篤巳神は居住まいを正す。

国内の神社全てを統括する総社の御神体は、扶人に次いで高位の神として信仰されている。人から頭を下げられ、願いを叶える存在が今――徒人《ただびと》を前に、深々と首を垂れた。

一同が静まり返る中、篤巳神の低く掠《かす》れた声が響く。

「俺達、〝神〟が救うことのできないものを……この国と、扶人を救ってくれ」

淡々とした口調の端々には、隠しきれない無念さが滲《にじ》んでいた。伏せられた端整な顔は、もしかしたら歪《ゆが》んでいるかもしれない。

怠惰《たいだ》な態度は崩さないが、篤巳神も内心では扶人のことを案じているのだろう。神として強大な力を持ちながらも、共に戦うことができない。そのせいで、篤巳神がどれほど歯痒い想いをしているのかなど、とても推《お》し量《はか》ることはできなかった。

「俊ちゃん、久しぶりに連携して戦えるわよ」

恵那の強気な言葉に潜む意図を察した俊太郎は、口端《こうたん》を上げて応じる。

「俺は将軍として国を守るため。お前は下僕として扶人様を救うため、だな？」

「勿論。今回は先生たちも協力してくれるし、向かうところ敵なしだわ。むしろ、力が有り余ってるくらいよ」

だから――と、恵那は茶目っ気たっぷりに笑う。

「壊した御殿の修繕費は、篤巳神様がぜーんぶ出してくださいね？　そうじゃないと、弁償金が気になって満足に戦えませんから」

その一言に、篤巳神の瞳から初めて眠気が失せた。

驚いたように瞠目《どうもく》した彼は、やがて至極《しごく》控えめに微笑《ほほえ》んだ。

「……いいだろう。御殿を全壊させたとしても、俺が全責任を負ってやる。その代わり、扶人と共に生きて帰ってこい……」

「当然です。私だって、二度も殺されてやるつもりはありませんから。思う存分、大暴れしてきますよ」

もう、死の足音を聞きながら悲しい涙は流したくない。どうせ泣くのなら、扶人を無事に助け出した後に、心置きなく嬉し泣きをしてやる。

だからそれまでは、何があっても泣くものか。

(守られるなんて、私の柄じゃないわ)

肉体が悠灘の物になる代わりに、扶人は永遠に色褪《いろあ》せない〝魂《こころ》〟をくれた。彼は国の命運を左右する尊い命まで、恵那のために躊躇《ちゅうちょ》せず差し出したのだ。

扶人と指切りをした小指が、ジンと切ない熱を訴える。

(必ず助けるから、もう少しだけ待っていて)

他者の操り人形になるなんて、扶人の矜持《きょうじ》が許さないだろう。それでも彼は、己のすべてをかなぐり捨てて、恵那のために恥辱の道を選んでくれた。

だから今は、辛くてもふてぶてしく笑おう。

醜《みにく》く泣き腫《は》らした顔で、愛する人と再会などしたくはないから――。

国守りの神の住居である、絢爛豪華《けんらんごうか》な御殿。

その中でも、ひときわ贅《ぜい》を尽くした神の自室は、むせ返るような甘い香りに満たされていた。

虚《うつ》ろな目をして脇息に凭《もた》れる御殿の主に、悠灘が甘えた声をかける。けれど、扶人が返答することはない。

「ねぇ、扶人。この髪飾り似合うでしょ？」

それは、自我を奪った本人がよく心得ていることだ。

「昨日まで挿《さ》してたやつも、結構気に入ってたのよ。でも、これくらい派手な方が、あたしには似合うわよね？」

血のように赤い唇が、嬉々として言葉を紡ぎ続ける。

相手に答えを求めているようでいて、その温《ぬく》もり以外何も欲していない。幼子《おさなご》が人形に語りかけるかのように、悠灘は独り遊びに興じている。

「あぁ、夢みたい。扶人が、あたしだけを見てくれる……」

国守りの神らしく、煌びやかに着飾った扶人にしな垂《だ》れ、悠灘は夢見る乙女のようにクスクスと笑う。

恍惚《こうこつ》とした表情を浮かべているが、赤紫《あかむらさき》の瞳は危うい狂気を孕《はら》んでいる。

扶人の滑らかな頬を撫でた指先は、やがて薄い唇に触れた。形を確かめるように表面を撫で、悠灘は官能的に舌舐《したな》めずりをする。

その様は、深窓《しんそう》の姫君の皮を被《かぶ》る鬼女《きじょ》のようだった。

「国守り様、奥方様。お休み中失礼致します」

口づけを交わそうとした刹那《せつな》、襖《ふすま》の向こうから神官の声がかけられる。

途端、悠灘の顔から笑みが消えた。

「旦那《だんな》様はお疲れなのよ。だから、この部屋には近づかないように命じたはずだけど、忘れたのかしら?」

襖越しに這《は》い寄る悠灘の殺気に、神官は怯《ひる》んだように息を呑んだ。

それでも彼は、恐怖に負けることなく必死に訴える。

「只今、将軍様と副将軍様がおいでになられております」

「何ですって?」

「国守り様が、奥方様と共にご帰還なされたと、総社の大宮司から報を受けたとのことです。是非とも、直接お祝いを申し上げたいと仰っておりますが、いかがなさいましょう?」

「奥方様、ね……」

なんて甘美な響きなのだろう。

総社の大宮司も、粋《いき》なことをしてくれたものだ。将軍など眼中になかったが、夫婦揃っての帰還を祝われるのなら、話は別である。

「いいわ。旦那様が、特別に謁見を許可するそうよ。あたしたちの準備が整い次第、客人を謁見の間へ通しなさい」

天下の将軍が自分たちの関係を認めれば、国民全員が認めたようなものだ。

（扶人は、あたしだけの物よ……）

買ってもらったばかりの玩具を、見せびらかす子供のように。ようやく手中に収めた愛する人と、仲睦《なかむつ》まじく寄り添っている姿を、大勢の者に見せつけたかった。

――面白い。

妖《あや》しく含み笑う悠灘の傍らで、扶人は抜け殻のように虚空《こくう》を見つめていた。

二名の女官に先導され、俊太郎と飛鳥は謁見の間へ辿《たど》り着《つ》いた。

（この先に、扶人がいるのね……っ）

飛鳥に憑依している恵那は、眼前にそそり立つ扉に固唾《かたず》を呑む。

大急ぎで準備を進め、支度《したく》が整うまで一日を費やした。その分、夏葉が作った楽器の仕掛けは完璧《かんぺき》で、衛士の厳しい検査も無事に潜《くぐ》り抜けた。他の面々も、正体を怪しまれることなく潜入できたので、今のところ計画は順調に進んでいる。

（謁見の許可が下りたのも、飛鳥さんが頑張ってくれたお陰だわ）

将軍と副将軍が連れ立って、国守りの神の帰還を祝しに訪れたというのに、対応に出た神官は困り顔をしていた。

何でも、悠灘は扶人の〝奥方〟として御殿に入ったらしい。

明言されたわけではないが、神官は「夫婦水入らずを邪魔できない」と言いたげだった。おそらく、扶人と過ごす時間の邪魔をして、悠灘から報復されることを恐《おそ》れているのだろう。

そこで、粘りに粘って交渉したのが飛鳥だった。

（……なにが夫婦よ）

この世のどこに、妻に自我を奪われた夫がいる？　そんな捏造《ねつぞう》された関係、誰も夫婦と認めたりはしない。

何より、恵那自身が二人の関係を認められなかった。

（悠灘が、勝手に言い張ってるだけ……よね？）

扶人の魂《たましい》は自分が持っている。別れ際に、彼がくれた宝物だ。それでも、魂は形で見ることができないから、どうしても不安になってしまう。

今も彼の魂が、自分の手元にあるのか――と。

（ええい、弱気になってるんじゃないわよ！）

後ろ向きになった思考を、恵那は強制的に前向きへと切り替えた。

扶人の魂は、必ず自分が持っている。それなら、器となる身体を取り戻して、本来あるべき場所へ戻すまでだ。

「謁見の準備が整いましてございます。どうぞ、中へお進みください」

落ち着いた声で促してきた女官に、恵那は思考を切り上げた。

憑依中は自《おの》ずと、飛鳥と感覚を共有する。肉体の所有権は飛鳥にあるので、恵那は彼が見ているものしか、見ることができなかった。

現在、飛鳥の視界に映し出されているのは、微《かす》かに軋《きし》みながら開かれる観音開きの扉。朱塗《しゅぬ》りに金細工が施された巨大な扉が開き切ると、室内からは甘ったるい香りが流れ出した。

「……っ」

どれだけ、香を焚《た》いているのだろう。頭の芯《しん》が痛むほど強烈な香りだ。俊太郎はどうにか堪えたようだが、飛鳥は小さく咳《せ》き込む。

耳を澄ますと、陰で女官たちもむせ返っていた。

（悠灘は、この香りが好きなのかしら？）

幻術《げんじゅつ》に香が使われることもあるが、室内に充満している香りは至って普通だ。頭がクラクラするのは催眠効果ではなく、単に香りが強いだけだろう。

「いつまで、そんなところに立ってるつもり？」

その時、部屋の奥から女の声が響き、恵那は総毛立《そうけだ》つのを感じた。

無邪気と狂気が混ざり合った、本能的に危機感を抱く声音だ。彼女の声を聞いているだけで、刺された腹部が熱を持ったように疼《うず》きだす。

「旦那様の御前《ごぜん》なのよ。いくら将軍でも、国守りの神に対する礼儀は弁《わきま》えてちょうだい」

高飛車に言い捨てたのは、やはり悠灘だった。

謁見の間は、上段と下段に分かれている。御簾《みす》が下ろされていない上段では、煌びやかな屏風《びょうぶ》を背に、脇息に寄り掛かって扶人が座していた。派手な花簪《はなかんざし》で髪を飾った悠灘は、能面のように表情が動かない彼の胸へ、我がもの顔でしな垂れかかっている。

飛鳥の眼から容赦なく飛び込んできた光景に、恵那は息が止まる思いをした。

(あれが、扶人だって言うの……?)

節穴のように虚ろな目をして、お行儀よく鎮座《ちんざ》している。無駄に着飾っているせいで、より人形っぽさが際立っていた。

虚脱した次に襲ってきたのは、捻《ね》じ切れるような胸の痛みだった。

(あんなの、私が知ってる本当の扶人じゃない!)

扶人はあんな綺麗《きれい》に正座なんてしない。座る時はいつも片膝《かたひざ》を立て、ゆったりと寛いでいる。着物だって窮屈《きゅうくつ》だからと、質素な着流しの襟元《えりもと》を常に着崩していた。

それなのに今は、きっちりと隙《すき》なく束帯《そくたい》を纏っている。

これではまるで、等身大のお内裏《だいり》様だ。

「これは国守り様に、奥方様。ご無礼を致しました」

将軍として正装をしている俊太郎は、冷静に非礼を詫びて室内へと踏み込む。彼の斜め後には、飛鳥が半歩下がって続いた。

奥方様と呼ばれた悠灘は、目を三日月のように細めて笑う。

毒々しい赤い唇が弧を描き、彼女のしなやかな指先が扶人の頬をなぞる。見せつけることを目的としたその仕草に、恵那は全身の血液が沸騰《ふっとう》したかと思った。

（……我慢、しなきゃ……っ）

今にも飛び出しそうになる自分を、懸命に押し留める。

与えられた機会は一度きりだ。失敗をすれば、次の機会なんて与えられない。自分たちは悠灘に殺され、扶人は彼女の操り糸に死ぬまで支配されるのだ。

（私は、俊ちゃんを……仲間のみんなを、信じてるもの）

俊太郎が上手《うま》く事を運び、全員が揃うまでは――決して、先走ることはできない。

「国守り様、お久しゅうございます。就任式では格別のご配慮を賜りまして、この俊之、感謝の言葉もございません」

上段からある程度の距離を置き、俊太郎は畳に直接正座する。深く叩頭《こうとう》した彼に倣い、同じく座した飛鳥も頭を下げた。

俊太郎は静かに顔を上げると、悠灘に視線を移して賛美を口にする。

「いやはや、さすがは国守り様でございます。お美しい奥方様ですが――よろしければ、お名前をお聞かせ願えませんか？」

本当は名前なんて知っている。それでも、苦い想いを噛み殺して俊太郎が尋ねたのは、悠灘の機嫌を取るためだった。

口元を長い袖《そで》で隠した悠灘は、思惑通りに愉悦《ゆえつ》する。

「新しい将軍は随分と口が上手いのね。ここの使用人たちにも、見習わせたいくらいだわ」

「いいえ、私は真実を申しているだけでございます」

「うふっ、気に入ったわ。――あたしの名前は悠灘。神に昇格した時、旦那様から頂いた命より大切な名前よ。あんたには特別、この名前で呼ぶことを許してあげるわ」

「ありがたき幸せ。悠灘様の虚空のごとき御心《みこころ》の広さには、感服致しまする」

再度、俊太郎は深く頭を下げる。

(俊ちゃん……っ)

飛鳥の位置からは、きつく噛み締められた俊太郎の唇が見えた。彼も身が焦げそうな屈辱を堪え、悠灘と対峙《たいじ》しているのだろう。

自分だけが、歯痒い思いをしているんじゃない。

改めてそう実感すると、熱くなりかけていた恵那の頭は自然と冷えた。

「あんた、本当に褒め上手ね。素直な子は好きよ」

中身を伴わぬ俊太郎の世事に、悠灘は上機嫌に笑む。

計画を実行に移す時がきたようだ。恵那が身構えると同時に、俊太郎も覚悟を決めたように面を上げる。

「この度は、国守り様と悠灘様のご帰還と御婚礼を祝しまして、楽舞を一曲ご披露させていただきとうございます」

「へぇ、雅楽《ががく》ね……」

「将軍家に仕える、国一番の楽師と舞人を選《え》りすぐって参りました。是非とも、お二人の門出をお祝いさせてくださいませ」

真摯な眼差しで俊太郎から見つめられ、悠灘の瞳孔がスッと細まった。

こちらの意図に気づかれたかと、恵那は一瞬ひやりとする。だが、すぐに悠灘は鈴を転がすような声で、心から愉快そうに笑いだした。

一頻《ひとしき》り笑った彼女は、呼吸を整えつつ目尻に浮いた涙を拭う。

「折角の婚礼祝いを、突き返すような真似《まね》はできないわね。――いいわ。将軍家が誇るという楽師と舞人を、ここに呼びなさい」

「はっ。畏《かしこ》まりました」

許可を得た俊太郎は、パンパンと軽く両手を打ち鳴らした。

その音が合図となり、四名の神官に担《かつ》がれた輿が入室してくる。その上に、姿勢よく座っている綾は、一段と華美な上位の巫女装束《しょうぞく》を纏っていた。

俊太郎と飛鳥が脇へ退《ど》くと、下段の中央に輿が下ろされる。

担ぎ手が退室するのと入れ違いで、更に二名の巫女が現れた。長い付け毛で、清楚な美女に変装したカンナは琴を。昨日と同じく女装をしている夏葉は、大きな琵琶を抱えていた。

「どうしてあの巫女は、輿に乗ってるの？」

悠灘は探るような目で、龍笛《りゅうてき》を胸の前で抱いた綾を眺めている。

問われた俊太郎は、努めて冷静に返答した。

「あの者は、生まれつき足が不自由でして。その代わりと言いましょうか、楽の腕前は国内随一でございます」

「ふーん。そんな身体で将軍家に奉公しているなら、さぞかし見事な音を奏でるのでしょうね。楽舞って初めて見るから、ちょっと楽しみだわ」

ふふっと微笑んだ悠灘に、恵那は人知れず胸を撫で下ろす。

(俊ちゃん、芝居小屋の花形役者になれそうね……)

胸中の動揺を顔に出さず、的確な対応をする俊太郎に感謝する。彼の堂々とした演技のお陰で、すっかり悠灘は油断し切っていた。

カンナが琴の準備を整え、指に琴爪をはめる。夏葉も琵琶を抱えて座り、神妙な面持《おもも》ちで弦を調節していた。

楽師が揃うと、最後に舞人に扮した伊之助が登場した。

「まぁ、素晴らしい衣装ね！　まさに、あたしたちの門出を祝うに相応《ふさわ》しいわ」

色彩鮮やかで、上等な生地から作られた華やかな舞人の衣装に、悠灘は感激したような声を上げる。面で顔を隠した伊之助は、滑るような足取りで楽師たちの前に立ち、観客である扶人と悠灘へ首を垂れた。

途端、謁見の間に静寂が落ちる。

（始まるわ……）

腰帯に挟まれた二刀一対の煌びやかな短刀を、伊之助が手に取った。

鞘《さや》の表面を夏葉が派手に飾り付け、演舞用の小道具に仕立てた退魔具《たいまぐ》の短刀を、伊之助は胸の前で交差させて持つ。彼の動作に合わせ、綾は龍笛の歌口に唇を当てる。夏葉は琵琶の竿を強く握り締め、カンナは琴の弦に琴爪を食い込ませた。

舞台は完璧に整い、恵那は聴覚に全神経を集中させる。

戦いの火蓋を切って落とす、運命の合図を聞き逃《のが》すまいと――。

（雪桜《ゆきざくら》、私に力を貸して）

死後、本来在るべき魂へと還《かえ》った相棒に祈る。

霊体として復活する直前、あの美しい大太刀《おおたち》は己《おのれ》の身体の一部となった。誰に聞かずとも、雪桜が自分の中に有るのが分かる。

雪桜が魂と一体化して、初めて知ったことがあった。

生きていた頃の雪桜は、あくまで千咲《ちざき》の退魔具だった。同一の魂を持っていても、前世と現世には大きな隔《へだ》たりがある。己の退魔具でなければ、自由に扱えなかったのも道理だ。

——しかし、それも生前までのこと。

魂と同化した今、これまで以上に雪桜の力を引き出せる自信があった。

(絶対に、扶人を元に戻して見せる……っ!)

強い決意が、恵那の胸中で弾けた刹那——静かに息を吸う音が聞こえた。

綾が龍笛の歌口へ鋭く息を吹き込むと、静粛《せいしゅく》な空気を裂く甲高《かんだか》い音が響き渡る。到底演奏とは呼べぬ笛の音に、悠灘は苦渋に満ちた顔で耳を塞《ふさ》いだ。

その僅かな隙を見逃さず、恵那は飛鳥の身体から勢いよく飛び出した。

「悠灘、覚悟しなさい!」

喉《のど》が張り裂けんばかりに叫び、右手に霊力を集中させる。次の瞬間、恵那の手元で白い桜《さくら》吹雪《ふぶき》が巻き起こった。

激しく螺旋《らせん》を描いた桜の花弁が、白光と共に四散する。

舞い散った桜の中から現れたのは、抜き身の大太刀・雪桜だった。

恵那が雪桜を手にすると、どこからともなく楽《がく》の音《ね》が響き出す。雪桜が紡ぎ出す、恵那の力となる音色だ。

「食らえぇぇぇッ!!」

伸びやかな龍笛に身を任せ、長い刀身を真横に薙《な》ぐ。

奇襲を受けた悠灘は、驚き入った表情で恵那の姿を認める。だが、彼女が怯んだのは一瞬だった。喉元目掛けて払われた刃《やいば》を、手のひらに作り出した小さな防御壁で、容易《たやす》く防いで見せたのだ。

「あんた、死んだはずじゃなかったの？」

赤紫だった悠灘の瞳が、神の力によって金色《こんじき》に輝く。

整った顔を憎悪《ぞうお》に歪ませる女神に、恵那はわざと挑発的に笑む。

「私は打たれ強いから、一度殺されたくらいじゃへこたれないわよ。扶人のためだったら、地獄の果てからだって戻ってくるわ」

「なんて、しぶとい女なの。懲《こ》りずに、あたしから扶人を奪いに来るなんて……」

低い声で呟いた悠灘は、霊気を練って一振りの刀を作り出した。

完全な戦闘態勢に入った悠灘からは、邪気《じゃき》に近い濃密な霊気が噴《ふ》き出す。邪神《じゃしん》の烙印《らくいん》を押されて尚《なお》も、神の力は伊達《だて》ではない。

「恵那さん、危ないッ！」

「……っ！」

凄《すさ》まじい圧力に呑まれて硬直する恵那を、何者かが真横に突き飛ばした。

刃同士がぶつかる、澄んだ音が響く。霊体特有の中途半端な浮力を利用し、体勢を立て直した恵那は、額に滲んだ冷や汗を拭う。

(いの先生が、私を助けてくれたのね……)

恵那目掛けて振り下ろされた悠灘の刃を、仮面を脱ぎ捨てた伊之助が、頭上で交差させた二刀の小刀で受け止めている。

初めて出会った時も、彼はこうして自分の命を助けてくれた。

一度は裏切られたけれど、やっぱり伊之助は悪い人ではなかった。その事実が恵那の胸いっぱいに広がり、怖気《おじけ》づいていた気持ちが嘘のように吹き飛ぶ。

「伊之助ばかりに、いい格好はさせられないわね」

琴爪で弦を切ったカンナは、仕掛けが発動して自壊した琴の中から、番傘と太刀を手に取った。太刀を俊太郎へ放った彼女は、邪魔な付け毛を毟《むし》り取ると、電光石火の勢いで悠灘のもとへ突っ込んでゆく。

琵琶を分解して、仕込み槍を組み立てた夏葉も好戦的に笑う。

「こうなったら、篤巳神様のお財布が空っぽになるくらい、大暴れしちゃうよ!」

「馬鹿なことはやめておけ——と言いたいところだが、俺も久しぶりの実戦だ。この際、日頃の鬱憤《うっぷん》を晴らさせてもらうぞ」

俊太郎まで豪快に羽織を脱ぎ捨て、太刀を鞘から抜き放つ。

珍しく、意見が一致した夏葉と俊太郎は、同時に畳を蹴《け》って駆け出した。彼らの後ろ姿を見送った恵那は、壁際で震えている飛鳥を見咎《みとが》める。

「飛鳥さん、そこにいては危険です」

ふわりと飛鳥の隣に降り立った恵那は、彼の手を引いて観音開きの扉へ急ぐ。

「戦いが終わるまで、中に誰も入れないでください。悠灘に人質を取られでもしたら、厄介なことになりますから」

「わ、分かりました。ここは僕が死守します」

戦いに不慣れな飛鳥だが、怯《おび》えながらも力強く頷いてくれた。

ご武運を――と告げる彼に微笑んだ恵那は、扉を閉ざして室内へ向き直る。

（扶人、皆があなたのために戦ってくれてるよ）

多勢に無勢であるにも関わらず、悠灘は取り乱しもしない。四方八方から繰り出される攻撃を、硬度を高めた霊気の盾で防ぎ、狐火を放って反撃する。

それでも、仲間たちは諦めることなく果敢に攻め込んでいく。

上段にぽつんと取り残された扶人は、その光景を虚ろに眺めていた。

「綾先生、まだ時間が掛かりそうですか？」

飛鳥を避難させて戻ってきた恵那は、綾に術の首尾を問う。

分解した龍笛の中から取り出した札《ふだ》を、輿の上へ並べ終えた綾は胸の前で手を合わせる。

「準備は完了した。これより、術を発動する」

暗い双眸が閉じられ、長い言霊《ことだま》が淀みなく紡がれてゆく。

「万物を司《つかさど》りし、五行の理《ことわり》よ。聖なる水流に宿る、生命の根源たる力。清らかな流れは、因果の鎖《くさり》を断ち切る刃とならん。失われし光よ、今ここに蘇《よみがえ》れ」

綾が言霊を唱えると、五枚の札がふわりと浮き上がる。右回りに旋回し始めた札は、眩《まばゆ》い金色の閃光《せんこう》を放ち、輿の床には光の五芒星《ごぼうせい》が出現した。

他者の施した術を打ち砕くには、その術者を上回る力が必要だ。そこで篤巳神は、輿の内部に五芒星の術式を仕込み、己《おの》が血で書いた札を綾に託していた。

綾の霊力と共鳴した札は、目が眩《くら》まんばかりに発光する。篤巳神の血と術式が効力を発揮し、霊力を増幅させている証拠だ。

やがて、緩やかに回転していた札は、扶人目掛けて疾風《はやて》のように飛んでいく。

「……っ、舐めた真似してくれんじゃない！」

カンナと夏葉を霊気の波動で吹き飛ばし、矢のごとく宙を駆ける札へ、悠灘は素早く右手を翳《かざ》した。

一枚でも札を消されたら、術の威力は半減してしまう。

「そうはさせないわ！」

ありったけの力を込め、恵那は離れた場所から雪桜を振るう。

雪桜の一閃《いっせん》からは、白い桜吹雪が巻き起こる。桜吹雪は飛んで行く札を包み込み、悠灘の放った狐火を弾き飛ばした。

無事、扶人のもとへ辿り着いた五枚の札は、彼の周囲で緩やかに回転を始める。

「あんたたち、あたしの扶人に何すんのよ！」

鬼のごとき恐ろしい形相《ぎょうそう》で叫び、悠灘は札に囲まれた扶人へ駆け寄ろうとした。

すかさず俊太郎が躍り出るも、刀の一振りで壁際まで吹き飛ばされる。伊之助も掌術《しょうじゅつ》を放つが、片手で容易く相殺《そうさい》された。

「扶人は、あたしだけの物よ！　奪おうとする奴は、皆殺しにしてやるんだから……ッ！」

「ふざけたこと言わないで!!」

札を鷲掴《わしづか》もうとする悠灘を、渾身《こんしん》の力で振り下ろされた白刃《はくじん》が襲う。

悠灘は後方へ飛《と》び退《の》き、間一髪《かんいっぱつ》で攻撃を避ける。乱れた前髪の奥から血走った目で、扶人を背に庇った恵那を睨《にら》む。

隙なく雪桜を構えた恵那は、負けじと悠灘を睨み返す。

「前にも言ったけど、扶人は物なんかじゃない。あの人の心を、あなたが決めつけるのは間違っているわ」

「小娘の分際で笑わせせんじゃないわよ。そんな綺麗事で、あたしを騙《だま》せると思ってんの？　あんただって、あたしから扶人を奪おうとしてるじゃない！」

怒り任せに繰り出された悠灘の刃を、雪桜で受け止める。重い一撃に腕が痺《しび》れたが、恵那は自慢の怪力で刀身を押し返す。

「私は、扶人を奪うんじゃない。元のあの人を取り戻したいだけよ」

扶人を恋い慕《した》っているのは、悠灘と同じだ。けれど、この気持ちは彼女とは違う。己の想いを扶人に押し付けるなんて、絶対にしたくない。

独り善《よ》がりな恋なんて、不毛なだけだ。

恵那が愛しているのは、空を流れる孤高の浮雲。

決して人に媚《こ》びることなく、思うがままに生きている扶人が好きなのだ。

「扶人は私を、下僕として側に置いた。だから私は、扶人から『いらない』って言われるまで、ずっと彼の側にいるって決めたの」

夢幻桜《むげんざくら》に封じられていた、孤独な神様。心が千切れるような声で、何度も「寂《さび》しい」と訴えていた。

――もう二度と、彼に侘《わび》しい想いはさせたくない。

扶人を自分の側に置くのではなく、自分が彼の側にいてあげたいのだ。

「……あんた、一度死んだくらいじゃへこたれないんだっけ？」

僅かに残っていた理性の欠片《かけら》が、悠灘の中から消え失せる。狂気と殺意が浮かぶ瞳が細められ、彼女は狐の耳と九本の尾を生やした。

じゃあ――と続けた狐の女神は、二本目の刀を生み出す。

「今度は魂を粉々に砕いて、この世だけじゃなく、あの世からも永久に抹殺してあげる」

狂ったように笑い出した悠灘は、舞うように刀を操る。雪桜が奏でる楽の音に合わせ、恵那も剣舞の要領で応戦するが、ただの和御霊と女神では力量に差がありすぎた。

右手の刃を弾けば、すぐさま左手の刃が目前に迫る。背後へ飛び退いて避けるが、一息つく間もなく距離は縮められ、激しい剣戟《けんげき》は止むことを知らない。

「あら、さっきまでの勢いはどうしたの？」

「……っ」

「そんな逃げ腰じゃ、あたしから扶人は奪えないわよ」

甲高い嘲笑《ちようしよう》と共に、交差させられた二対の刃が薙がれる。咄嗟《とっさ》に後方へ一回転した恵那は、反転した視界で、宙に躍った自分の毛先が断ち切られるのを見た。

白羽織をなびかせて着地すると同時に、喉元を狙った一撃が突き出される。

（しまった！）

大振りな動作が、隙を生んでしまった。

反射的に振り上げようとした雪桜は、ビクとも動かない。悠灘がもう片方の刀で、上から押さえ込んでいるからだ。

（私はまた、扶人を救えないの？）

今度は魂まで消滅させられて、輪廻《りんね》の旅路に就《つ》くことも叶わなくなる。

生まれ変わることすら、奪われるなんて——、

（そんなの、嫌……っ！）

　絶望から全身の血液が冷える。

　恵那が思わず目を瞑《つむ》りかけた瞬間、眼前に赤い番傘が広がった。

「随分と楽しそうじゃない。ウチらも交ぜてくれる？」

「カンナさんッ⁉」

　番傘で刃を受け止めたカンナは、恵那を振り返って片目を閉じる。恵那が目を丸くしていると、その横を小柄な人影が横切った。

「ボクたちって、そんなに存在感薄いのかなぁ？　恵那ちゃんまで忘れるなんて、酷《ひど》いんじゃない？」

　カンナの番傘が閉じられると、夏葉が仕込み槍で悠灘と斬り結ぶ光景が広がる。

　夏葉は瞬発力が高い分、力押しに弱い。少しでも彼が体勢を崩すと、すかさずカンナが助けに入る。彼女の退魔具である番傘は、鋼鉄で出来ているのだろうか？　容易《たやす》く床を粉砕する様を見ていると、そんな錯覚《さっかく》を抱いてしまう。

「恵那、一気に攻めるぞ！」

　遅れてやってきた俊太郎が、呆気に取られている恵那の背を叩く。

　雪桜を構え直して、頷き返そうとした恵那は——背後で急速に膨張する霊気に蒼褪《あおざ》めた。

「みんな、逃げて……ッ！」

刹那、烈風となった霊気が轟音と共に恵那たちを吹き飛ばす。

咄嗟に俊太郎へ抱きついた恵那は、彼を庇って壁に背中を激しく打ちつけた。くぐもった声で呻《うめ》いていると、血相を変えた俊太郎から助け起こされる。

「馬鹿、なんて無茶をするんだ！」

「だ、だって……俊ちゃんは、将軍様なのよ？　自分一人の身体じゃないんだから、大切にしないといけないわ。それに和御霊って、人より頑丈みたいだからこれくらい平気よ」

それよりも、嵐のように吹き荒れる霊気が気がかりだ。

俊太郎の手を借りて立ち上がり、恵那はまっすぐ扶人を見つめる。噴き出す霊気の根源は、紛《まぎ》れもなく彼だった。

「いったい、何が起こっているの？」

金色に輝いていた札は消し飛び、扶人は苦しそうに胸元を押さえている。

自我を取り戻したのかと思いきや、未だ彼の瞳は闇に沈んでいた。しかし、胸を掻き抱くその姿は、溢れ出る霊気を抑えようとしているかのようだ。

「扶人、やめなさい！　あたしの命令が聞こえないの!?」

恵那たちと同じく、悠灘も霊気の嵐に吹き飛ばされたらしい。

彼女は霊力の放出を止めようと、必死に怒声を張り上げている。だが、荒ぶる霊気に命令は掻き消され、扶人まで届かなかった。

突然の出来事に、さすがの恵那も呆然とする。

「まさか、術が失敗したって言うの？」

「いや、そんなことはない」

我知らず呟いた言葉に、思わぬ答えが返された。

振り返ると、綾が床を這ってきていた。慌てて恵那が駆け寄り、身体を抱き起こそうとしたが、彼女はそれを手で制する。

「術は完璧な状態で発動され、扶人殿の自我もある程度は戻っているはずだ。ただ、あと少しだけ力が足りなかった」

「それじゃあ、この現象は……」

「不完全に自我が蘇ったせいで、思い通りにならない感情が暴走しているのだろう」

最後の枷《かせ》が外れないことで、扶人はもがき苦しんでいるのか。

逆巻く霊気の向こうで、苦悶《くもん》している彼の姿が胸を深く抉《えぐ》る。何とかできないものかと、恵那は縋《すが》るように綾へ問う。

「完全に自我を蘇らせる方法はないんですか？」

「それは――……」

綾が何事か言おうと口を開くが、その前に俊太郎が彼女を押し倒す。次の瞬間、二人の上を燃え盛る狐火が通過し、壁に当たって火の粉を散らした。

「全部、あんたたちのせいよ……っ」

幾多の狐火を背後に従え、九尾を揺らめかせた悠灘が歩いてくる。

優雅に結い上げられていた髪は、完全に解《ほど》けていた。霊気が巻き起こす風に長い髪が煽られ、まさに鬼女のごとき様相を呈している。

「あんたたちが余計なことをするから、扶人がおかしくなっちゃったじゃない。……返してよ。あたしだけの扶人を、返しなさいよ……ッ！」

禍々《まがまが》しい霊気を纏った悠灘が、しなやかな手で恵那を指し示す。それが合図となり、彼女の周囲に浮遊していた狐火が、一斉に恵那を強襲した。

恵那は左手を前に突き出し、掌術を発動させようとした——が、彼女よりも先に、低い声が高らかに言霊を叫んだ。

「五行の掌・金気《ごんき》——止水鏡《しすいきょう》！」

いきなり目の前に出現した防御壁に、恵那は目を瞬《しばたた》かせる。

驚きに固まる彼女の肩を摑んだのは、恐ろしく真剣な顔をした伊之助だった。

「恵那さん。ここは私に任せて、あなたは扶人殿の元へ向かってください」

「そんな、無茶です！　いの先生だけで悠灘を止めるなんて……っ」

「私はこれでも、祥泉堂の実技担当教師です。たとえ神が相手だろうと、実戦で引けを取ることはありませんよ。それに——あなたの声なら、きっと扶人殿にも届くでしょう」

防御壁に狐火がぶつかる度、辺りは夕焼けよりも濃い朱に染まる。

諦めの色は、どこにも見当たらない。炎の色を反射する伊之助の双眸は、揺るぎない信念を宿していた。

「扶人殿に謝罪するまで、私は死んだりしません。だから、早く行ってください。あの御方《おかた》を縛《しば》る最後の枷を外せるのは、あなただけなのですから」

ここ数日、思い詰めた表情をしていた伊之助は、そう言ってふわりと微笑んだ。

昔から穏やかに笑う人だったが、それはどこか仮面じみて見えた。けれど、今の微笑みは以前までとは違う。胸に痞《つか》えていたものが取れ、心からの慈愛《じあい》に満ちていた。

伊之助の笑顔に背中を押され、恵那も覚悟を決める。

「いの先生、ありがとうございます」

ありったけの想いを込めて一礼すると、恵那は防御壁の外へ一気に駆け出す。

素早い身のこなしで狐火を避け、悠灘の脇をすり抜けた恵那は、吹き荒れる霊気の嵐へ迷いなく飛び込んだ。

（……なんて、強い霊気なの……っ）

暴走した霊気はカマイタチと化し、恵那の全身を容赦なく斬り裂く。扶人へ近づくにつれて圧力は増し、内臓を直に圧迫されていると錯覚するほどだ。

左腕で顔を庇った恵那は、右手に握った雪桜を進行方向へと掲げる。

（お願い、雪桜。私を守って！）

相棒に助力を乞《こ》うと、雪桜の刀身から白い桜吹雪がひらりと舞う。

螺旋を描いた桜吹雪は、恵那の身体をすっぽりと包み込んだ。霊気の刃に切り裂かれると、桜の花弁などすぐに消失する。それでも、刀身から溢れる白い奔流《ほんりゅう》は止まらない。

眩い白光を放ち、雪桜は己が化身で主を守る。

だから恵那も立ち止まらない。どんなに傷つき、ボロボロになったとしても、歩みを止めることはできなかった。

「こ、んの……馬鹿、扶人……っ！」

二の腕が痛い、太股《ふともも》が痛い、脇腹まで痛い。当然だ。鋭い風に斬られて、止めどなく血が流れ出ているのだから。

――でも、どんな傷よりも心が痛い。

「やっと、手が届いた……」

着物の前をきつく摑み、身体を丸く縮めている扶人の肩に手を伸ばす。彼の身体に指先が触れた瞬間、言葉にできない想いで胸がいっぱいになった。

片手で雪桜を握ったまま、恵那はしっかりと扶人を抱き締める。

人形のような目をしているのに、彼の身体は温《あたた》かかった。この温もりに触れたくて、自分は黄泉路《よみじ》から舞い戻ってきたのだと実感する。

「私のこと馬鹿って言うけど……あなただって十分、大馬鹿者よ……」

扶人の肩口に顔を埋《うず》めて、恵那は震えそうになる声で言う。

「……あなたから貰《もら》った魂、返しにきたわ。こんな目に見えないもの、大事に持っていても使い道がないから……」

この魂は、扶人が持っているからこそ意味がある。

いつも不機嫌そうだけど、空っぽな器でいるくらいなら、仏頂面《ぶっちょうづら》の方がずっといい。誰よりも自由で、気まぐれに優しい彼が好きだから——今、別れ際に託された魂を返そう。

「あなたが望む限り、私はずっと側にいる。どんな敵が相手だろうと、あなたを守ってみせるから……」

だから——と言葉を続けた恵那は、扶人の顔をそっと上向《うわむ》かせる。

「あなたは大人しく、私の後ろで守られていて」

守る人が背中にいるから、私は戦える。

扶人が見ていてくれるから、どこまでも強くなれるのだ。

（お願い、扶人。戻ってきて——……）

切なる希望は、言葉ではなく唇に乗せた。

扶人の薄く開かれた唇に、恵那は自らのそれを重ねる。甘い熱が生み出されると同時に、白い桜吹雪が濁流となり、荒ぶる霊気の嵐と交ざり合った。

一片の穢《けが》れもない白い花弁が、暴れ狂う霊気を優しく慰《なぐさ》める。

桜吹雪と同化した霊気は、恵那と扶人を包み込むように収縮してゆく。あれだけ大暴れして、疲れてしまったのだろうか。小さな竜巻となった霊気は、まるで夢から覚めるようにふっと掻き消えた。


「――お前の想い、しかと我が胸に響いたぞ――」


風に巻き上げられた花弁が、はらはらと降り頻る中。

鼓膜《こまく》を震わせた低い声に、魂まで熱く震える。無意識に閉じていた瞼《まぶた》を開けると、強い輝きを取り戻した瞳が、穏やかに恵那を見下ろしていた。

「お帰りなさい、扶人」

込み上げてくる涙を懸命に堪え、恵那は精一杯の笑顔を咲かせた。

節くれ立った大きな手が、くしゃりと頭を撫でる。指先で髪の感触を確かめる扶人は、今まで見たどんな笑顔より、優しくて綺麗な微笑みを湛《たた》えていた。

「あぁ、今戻ったぞ」

ずっと聞きたかった声に、胸の高鳴りが止まらない。

嬉しいのにひどく胸が苦しくて、笑いたくても無性に泣きたくなる。

「我は結局、お前を救ってやれなかったのだな」

色の薄くなった恵那の髪を梳《す》き、扶人は琥珀色の瞳を切なげに見つめた。

和御霊になるということは、人としての生に幕を引いたことを意味する。笑顔を曇《くも》らせた扶人の胸元に縋りつき、恵那は何度も頭を左右に振った。

「私こそ下僕のクセに、あなたを危険な目に遭わせちゃったわ。お互い様よ」

「それでも、我は自分が許せん。もっと早くに悠灘と決着をつけておれば、お前を傷つけることはなかったはずだ」

暴走した霊気のせいで、傷だらけになった恵那を一度だけ柔らかく抱き締める。そして、彼女を静かに床へ座らせると、扶人はパチンと指を鳴らした。

現れた錫杖《しやくじよう》を手に、彼はゆっくりと立ち上がる。

漆黒《しつこく》から金色へと変わった双眸は、遠くで立ち尽くす悠灘を見据えていた。

「お前は、我のためによく戦ってくれた。後は、我に任せておけ」

「で、でも……っ」

「案ずるな。相手が〝神〟ならば、我とて牙《きば》を剝《む》くことができる。――今度こそ、我にお前を守らせてくれ」

そう言った扶人は、神でありながら一人の男の顔をしていた。

本当は彼を行かせたくない。再び、悠灘に自我を奪われたらと考えるだけで、不安と恐怖で胸が押し潰されそうになる。

けれど、止めたところで彼は戦いに向かうのだろう。

大空にたゆたう雲を、誰も留めることができないように――。

「負けたりしたら、承知しないんだからね」

喉元まで出掛かった制止の言葉を、涙と一緒に呑み込む。彼を捕まえようとする手を握り締めた恵那は、普段通りの強気な自分を演じた。

健気に強がる愛《いと》おしい娘に、扶人もあえて傲慢《ごうまん》に答える。

「誰に物を申しておる。お前はそこで、我の勇姿を目に焼きつけていろ」

扶人らしい居丈高《いたけだか》な台詞《せりふ》に、恵那は言葉を詰まらせて何度も頷く。意地悪で、口を開けば嫌味ばかりだけど、その中には飾らない優しさが詰まっている。

――やっと、本当の扶人に戻ったんだ。

恵那が大きな安堵《あんど》に包まれている間に、扶人はゆったりと歩き出す。

「悠灘。お前はどこで、道を踏み外したのだろうな」

「扶人……っ」

先ほどまでの、蕩《とろ》けるような表情が嘘のようだ。徐々に距離を縮めてくる扶人に、悠灘は恐れ戦《おのの》き後退《あとずさ》ろうとする。

彼女の退路を断ったのは、強く打ち鳴らされた錫杖の音だった。

「千咲だけでは飽き足らず、お前は恵那まで手にかけた。それだけではない。神に課せられた使命も忘れ、守るべき民に刃を向けるとは――どこまで堕《お》ちれば気が済むのだ」

澄んだ遊環《ゆうかん》の響きに緊縛された悠灘は、見えない鎖に縛られたように、指一本動かせなくなった。

彼女の足元には、意識を失った伊之助が倒れていた。加勢に駆けつけた夏葉やカンナも、満《まん》身創痍《しんそうい》で床に座り込んでいる。俊太郎と綾はかろうじて無傷だが、戦う仲間を掌術で援護したのだろう。霊力を限界まで消費して、半ば意識を飛ばしかけていた。

「お前をこれ以上、野放しにすることはできない」

豪奢《ごうしゃ》な造りの室内は無残に荒れ果て、至るところで狐火が燻《くす》ぶっている。

――破壊と殺戮《さつりく》に及ぶ者を、もはや神とは呼べない。

「すべての責めが、お前にあるとは言わぬ。お前を神に昇格させた我にも咎《とが》はある」

扶人は濃密な霊力を、錫杖へと注ぐ。

鮮烈な金色に輝いた錫杖は形を変え、柄《つか》に龍が絡みついた刀となる。

「や、やめなさい、扶人！　あたしの言うことが聞けないの!?」

大きく瞠った瞳を小刻みに揺らし、悠灘が逼迫《ひっぱく》した甲高い声で叫ぶ。

怯え一色に染まった彼女へ、扶人は鋭い眼光で断言した。

「遊びは終《しま》いだ。我はもう、お前の人形ではない」

「そん、な……っ！　ようやく、あんたを手に入れたと思ったのに……っ」

悠灘は赤い紅の引かれた唇を、血が滲むほどきつく噛み締めた。

「我は、今こそ己が罪を購《あがな》おう」

硬直した悠灘の前で歩みを止め、扶人は彼女の胸に刃の切っ先を宛がう。

恐怖に「ヒッ」と息を呑んだ悠灘は、駄々をこねる子供のように大声で喚きだした。

「あたしが、何をしたって言うの⁉　好きな人と一緒にいたいって思うのは、当然のことじゃない！　こんなに愛してるのに、どうしてあんたは分かってくれないの⁉」

「想いを成就させるためならば、悪辣《あくらつ》な手段を使うことも厭《いと》わぬ。他者にどれほどの不幸が降り注ごうとも、己が幸せならばそれで良い。——それが、お前の〝愛〟の形だ」

「それのどこがいけないのよ⁉　いいじゃない、他人のことなんて！　あたしは、あんたが側にいてくれるだけで、幸せになれるんだから！」

「本当に、お前はそれで幸せなのか？」

金色に輝く扶人の瞳へ、悲しみの色が僅かに滲む。

「力尽くで手に入れた愛に、何の意味がある。不幸の上に成り立った幸せは、所詮、仮初《かりそ》めでしかない」

「だって、仕方が無いでしょう⁉　あたしはいつだって不幸だった！　幸せだった時なんて、ほんの一瞬ですらなかった！　だから幸せは、自分で奪わないと手に入らなかったのよ‼」

「仮初めの幸せに縋ることほど、不幸なことはないと何故《なにゆえ》気づかぬ？」

哀れだな――。

扶人の唇から、哀愁を孕んだ言葉が零れ落ちた。

「今世での因縁を、今断ち切らん」

金色の双眸には、微かな虚《むな》しさを秘め。決然たる口調で宣言した扶人は、悠灘の胸に刃を突き立てる。

血は一滴も流れない。

悲鳴が上がることも、苦痛を与えることもない――それは、どこか思い遣りのある、穏やかな殺生《せっしょう》だった。

「ふ、ひと……」

研《と》ぎ澄まされた刃に胸を貫かれ、悠灘の赤紫の瞳から涙が溢れる。

今世の縛《いまし》めから解放されたからだろうか。狂気に支配されていた彼女の眼に、僅かながら純粋な光が蘇る。

「……あたし、一つだけ嘘ついた。たった一度だけ、幸せな時があったの……」

淡い光に包まれる悠灘は、心から嬉しそうに微笑む。

「……暗く冷たい場所から、あたしを助けてくれた……あんたと出会えたことが、これまでの人生で、たった一つの幸せだった……」

「もし、お前に来世が与えられたならば——今度こそ、幸多き人生を歩むがよい」

金色から漆黒へ戻った瞳で、扶人は真摯に悠灘へ告げる。

最期《さいご》は、悠灘の愛したただの男として。必死に幸せを追い求めた娘の魂を、扶人は黄泉路へと送り出した。

青白い魂魄《こんぱく》となった悠灘は、まっすぐ天へと昇って消える。

(これで、よかったのよね……)

扶人を救出して、悠灘を倒すことが目的だった。

それなのに、恵那の胸に湧《わ》くのは達成感ではなく、遣り場のない後味の悪さばかりで。

(どうしてかしら？　さっきまで、悠灘の気持ちなんて理解できなかったのに……)

昇天する間際《まぎわ》に、彼女が見せた笑顔は美しかった。

あんなに穏やかに微笑む娘が、自分を殺した邪神だなんて信じられない。同時に、一つだけ分かったことがあった。

悠灘も最初から、狂っていたわけではなかったのだ。

彼女は純粋に、扶人を愛していた。だからこそ、彼の事を必死で追いかけ続けた。——途中で、道を踏み外したことにも気づかずに。

(好きな人と一緒にいたいと思うのは、当然のこと……か)

そう叫んだ悠灘の声が、耳にこびりついて離れない。

（私も、扶人と一緒にいたくてここまで来た。もしかして、この気持ちは――……）

悠灘と、同じなのだろうか？

そんなことを考えた時、「恵那」と柔らかく名前を呼ばれた。びくりと肩を揺らして顔を上げると、いつの間にか目の前には、錫杖を携えた扶人が立っていた。

「これで、すべてが終わった」

片膝を付いた彼は、恵那と視線を合わせて微笑む。

伸ばされた両腕が背中に回され、力一杯抱き締められる。恵那もおずおずと、彼の広い背に腕を伸ばした。

「自我を奪われて尚も、我はずっとお前を見ていた」

「……うん」

「答えてやることはできなかったが、その声も、すべて届いておったぞ」

遣り切れない想いは、胸の奥底で澱《おり》となる。

それでも、再び愛する人の胸に抱かれた喜びは、何一つ変わることはなかった。

「今一度、お前に触れることができてよかった。本当に、よかった……」

何度も噛み締めるように、扶人は再会を喜んでくれる。恵那もその気持ちに応えるよう、彼の身体をきつく抱き締め返す。

抱き潰さんばかりの、痛みを伴う抱擁だ。

それでも、この痛みすら愛おしい。
——離れている方が、ずっと苦しいと知ったから。

第五章　白き桜の女神

国守りの御殿《ごてん》にある、中庭に面した雅《みやび》な座敷に恵那《えな》はいた。

「つ、疲れたわ……」

悠灘《ゆうなだ》との熾烈《しれつ》な戦いは、扶人《ふひと》の手によって幕が下ろされた。

その時点で、救出部隊は半死半生に近い状態だったが、休む間もなく新たな騒動は巻き起こった。飛鳥が食い止めていた衛士や神官が、謁見《えっけん》の間に雪崩《なだ》れ込んできたのだ。

(事情を知らないからって、理由も聞かずに私たちを賊《ぞく》扱いするなんて酷《ひど》いわよ。扶人《ふひと》と篤巳《あつみ》神様《がみ》が止めてくれなかったら、今頃牢屋に放り込まれてたわね)

戦いが終結した気配を感じ取り、篤巳神が現れた時は助かった。国守りの神と、総社《そうじゃ》の御神体によって誤解が正されたお陰で、手厚い治療も受けることができたのだ。

無傷だった俊太郎《しゅんたろう》は、飛鳥の肩を借りて城に戻った。他の面々も命に別条はないが、総社の療養所で一夜を明かすことになり――恵那だけが、扶人の意向で御殿に残された。

「それにしても私、どうしてこんな格好をさせられてるのかしら？」

柔らかな座椅子にぐったり沈み、恵那は重苦しい息をつく。

怪我が治ったかと思えば、大勢の女官に寄ってたかって風呂場に連行された。無残に斬《き》り裂《さ》かれた着物がはぎ取られ、戦いで汚れた身体《からだ》を清めると、今度はこの座敷へ連れ込まれ——正直、着替えが済むまで生きた心地がしなかった。

肌触りのいい桃色の着物に、キラキラと金が散りばめられた赤い帯。裾《すそ》だけ淡い朱《しゅ》に染《そ》まる白い打掛《うちかけ》は、桜模様の上等なものだ。

「今の私、全身で幾らぐらいするかしら？」

着物だけでなく、髪を飾る簪《かんざし》も一級品だ。壊した時のことを考えると、下手に動くこともできない。

——端から、疲れて動く気力なんて微塵《みじん》もなかったが。

「お前は相変わらず、貧乏症だな」

「……っ！」

障子《しょうじ》の開け放たれた廊下から、忍び笑いが響く。見ると、着流しに羽織《はおり》を引っかけた出立ちの扶人が、月夜の庭園を背にして立っていた。

恥ずかしい独り言を聞かれて、顔が熱くなる。行燈《あんどん》に照らされる室内は明るい。赤くなった顔を見られたくなくて、恵那は咄嗟《とっさ》に顔を伏せた。

「何故《なにゆえ》、顔を隠す必要がある」

「そんなの、聞かなくたって分かるでしょう？　情けない顔を見られたくないからよ」

拗《す》ねたように呟《つぶや》けば、くつくつと喉《のど》の奥で笑われる。

余計に恥ずかしさが込み上げ、恵那は身体ごとそっぽを向いた。

次に顔を合わせた時は、素直になろうと決めていたのに。扶人と一緒にいると、どうしてこうも意地を張ってしまうのだろう。

「今宵は心置きなく、お前と過ごせると思っていたのだがな……」

衣《きぬ》擦《ず》れの音が近づいてくる。

離れていた期間はたったの三日。それまでは、同室で夜を明かしていたというのに、今夜ばかりは何かが違った。

扶人が隣に座っただけで、心臓が破裂しそうなくらいドキドキする。

「髪の色が違うだけで、随分と印象が変わるものだな」

「ひゃ……!?」

するりと髪を梳《す》かれただけで、口から変な声が漏れた。

反射的に顔を上げると、至近距離で扶人の端整な顔が広がる。途端、恵那は声にならない悲鳴を上げて、わたわたと後退しようとした。

「ようやく顔を見ることができたかと思えば、今度は逃げるつもりか？」

フッと口端《こうたん》で微笑《ほほえ》んだ扶人は、恵那の腕を摑《つか》んで引き寄せる。抵抗する間もなく、すっぽりと彼の胸に収まった恵那は、ガチガチに身を固めた。

「まるで、借りてきた猫だな。いつもの威勢はどこへやったのだ？」

「だ、だって……」

「このままだと、抱き心地が悪くてかなわん。深呼吸でもして肩の力を抜け」

大きな手で背中を摩《さす》られ、恵那はぎこちなく頷《うなず》く。

せっかく、扶人に抱き締《し》められているのだ。本当は自分だって、自然体で彼の温《ぬく》もりを感じたい。

恵那は目を閉じると、深く息を吸い込み――ふと、鼻腔《びこう》を掠《かす》めた香りに眉を顰《ひそ》めた。

「違う」

さっきまでの恥ずかしさも忘れ、恵那は扶人の顔を睨《ね》めつける。

「緊張した次は、臍《へそ》を曲げるのか？　いったい、何が違うというのだ」

「……匂いが、違うのよ」

いつも扶人からは、ほのかな桜の香りが漂っていた。けれど、今の彼からはひどく甘ったるい匂いがする。

香りが違うだけで、知らない男の胸に抱かれているようだ。

「これは、悠灘の焚《た》いていた香だな」

彼が口にした名前に、心臓がドクリと脈打つ。

「移り香に嫉妬《しっと》するとは、お前にも女子《おなご》らしい一面があるではないか。だが、このような香りはすぐに消えよう。それまでは、別の香でも焚いて――……」

最初は上機嫌だった扶人の声が、途中で不自然に途絶えた。

いきなり扶人の胸元に縋《すが》りついた恵那は、堰《せき》を切ったように泣き出す。何か訴えたいようだが、しゃくり上げるばかりで声にならない。

突然の涙に怯《ひる》みはしたが、扶人はそれ以上うろたえることはなかった。

「夜は長い、そう焦らずとも話なら聞いてやる。だから、無理に喋ろうとするな。苦しそうにしているお前を見ているのは、我も辛《つら》い」

「ふ、ひと……っ」

鼓動に合わせて、背中をぽんぽんと優しく叩かれる。

いつもは意地悪なくせに、どうしてこんな時ばかり優しいのだろうか。余計に涙が溢《あふ》れて、みっともない声が漏れてしまう。

「……わ、たし……悠灘と、同じなの……っ」

洟《はな》を啜《すす》りながら、恵那は儚《はかな》く震える声で訴える。

「扶人から、他の女の人の香りがするのが嫌で……そんな事に嫉妬する自分が、大嫌い」

狂気に満ちた瞳で、扶人に執着していた女神《めがみ》を思い出す。

悠灘の香りがする扶人なんて、嫌だ。たとえ自我を失っていたとしても、自分以外の娘を抱き締めていたかと思うと、胸中にどす黒い感情が渦を巻く。

「こんなに、あなたのことが大好きなのに……死んでも、死に切れないほどあなたを愛しているのに……どうして？　私は、あなたを束縛なんかしたくないのに……っ」

三日逢えないだけで、心が壊れてしまいそうだった。香り一つで、こんな無様に取り乱して、醜《みにく》い嫉妬心を抱いてしまう。

――結局自分は、悠灘と何一つ変わらないのだ。

「あなたにだけは、誰よりも自由でいて欲しい。何ものにも縛《しば》られることなく、好きなことをしていて欲しいの。だけど、ずっと私の側《そば》にもいてほしい……」

「恵那……」

「矛盾したことを言ってるのは、自分でも分かってるわ。自由でいて欲しいと願いながら、束縛することを望んでいるんだもの。……でも、これが私の本当の気持ちなのよ」

限界まで注がれた水が、器から溢れ出すかのようだった。

胸を突き破って、一気に流れ出すまで溜め込まれた想い。言葉に出して伝えたら、きっとすっきりできる。そう思っていたのに、実際は更なる苦悩に襲われた。

(扶人を助け出したら、嬉し泣きをするって決めてたのに……っ)

せめて、これ以上情けない姿は見せたくないと、恵那は両手で顔を覆った。

「好いた者が側におることを望むのは、当然のことだろう」

震える肩を抱き寄せられると、穏やかな声が降ってくる。

次の瞬間、淡い桜の芳香に包まれた。驚いた恵那が泣き濡れた顔を上げると、薄紅の花弁が宙をはらはらと舞っている。扶人が神の力を使い、降らしているのだろう。

「愛だの恋だのは、蓮《はす》の花によく似ていると思わんか？　泥の中でも、見事に咲き誇るからこそ蓮は美しい。恋情とて同じことだ。狂気や浅ましさの中で花開くからこそ、理性で抑えることは出来来ぬ」

「じゃあ、みんな私みたいな気持ちを持ってるの？」

心細そうな眼差《まなざ》しで問われ、扶人は鷹揚《おうよう》に頷く。

「悠灘のように、道を踏み外す者は確かにおる。盲目的に、己《おのれ》の想いを成就させることだけに執心して、相手を見ることも忘れる。――そうなった想いは、もう恋とは呼べぬ。他者を傷つける暴力と同じだ」

「だったら、私の気持ちも暴力なんじゃ――……」

「馬鹿者」

不安になって目尻に涙を浮かべると、扶人の唇がその雫《しずく》を吸い取ってくれた。

丸々と目を見開いた恵那を、凪《な》いだ夜色の瞳が見つめる。鏡面のようなそこには、ふ抜けた自分の顔が映し出されていた。

「お前は我を見つめ、我はお前を見つめておる。互いの目に相手の姿が映っているのだから、この想いは暴力ではない。ようやく花開いた、愛《いと》おしくて堪《たま》らぬ恋情だ」

心の底から慈《いつく》しむように呟き、扶人の唇は目元から頬を辿《たど》る。

やがて行き着いたのは、舞い散る桜の花弁とよく似た可憐な唇。二つの熱が触れ合い、溶けて——まるで、身体が一つになったかのようだ。

触れ合うだけの口づけを、はたして何度繰り返しただろう。

「お前の束縛など、口先だけの可愛いものだ。所詮、実行する前に怖気《おじけ》づき、自ら獲物を逃がすに決まっておるわ」

熱い吐息交じりに、耳元で囁《ささや》かれる。くすぐったそうに身動《みじろ》ぎした恵那は、きょとんと彼の顔を見返した。

どこまでも純粋な瞳に、扶人は珍しく自嘲《じちょう》的に笑う。

「先にお前を縛りつけたのは、我の方だ」

「え」

「下僕《げぼく》という大義名分をこじつけ、お前を逃げられないようにした。卑怯で、臆病な、最低な手段を使って——」

胸を針で突かれたような切ない表情に、恵那の胸もキュッと締めつけられる。

「我は今この時をもって、お前を下僕の任から解《と》こう」

恵那の止まっていた涙が零《こぼ》れ落ちるよりも早く、扶人は重厚な口調で言う。

恵那はその言葉に、天国から地獄に突き落とされたような、凄《すさ》まじい衝撃《しょうげき》を受けた。果てしない喪失感に目の前が暗くなり、あたかも、二度目の死を迎えたようだ。

「下僕の任を、解くって……私のこと、いらなくなったの……？」

「そうではない。いらないどころか、今まで以上の関係を求めてしまうから困るのだ」

怯《おび》えて縮こまる恵那の身体を、扶人は降り頻《しき》る桜の花弁ごと抱き締める。

「お前はもう、国守りの神の下僕ではない。恵那と言う名の和御霊《にぎみたま》だ。そして、これから我が告げる言葉は、〝扶人〟という男の願いとして聞いてくれ」

下僕に任命された時とは、状況が違った。

神としてではなく、ただの男として。命令ではなく切実な願いとして、扶人は何かを打ち明けようとしている。

恐怖を押し殺して頷いた恵那は、激しく脈打つ胸を押さえて言葉を待った。

「恵那、我はお前を愛している。国を犠牲《ぎせい》にしても、守りたいと思えるほどに」

「……っ！」

今度は別の意味で、心臓が止まるかと思った。

驚きの声を上げようとした恵那の唇を、扶人は人差し指で塞《ふさ》ぐ。目顔で最後まで聞けと言われ、恵那は大人しく口を噤《つぐ》んだ。

「この想いを受け入れたら最後、お前はこれまでの生活には戻れんぞ。女神となり、我に一生を捧げるのだ。——それでも良いか?」

そろりと唇を撫《な》でた人差し指が、ゆっくりと離された。

中庭から吹き込んだ風が、桜吹雪《さくらふぶき》と共に扶人の髪を巻き上げる。涙の粒が輝く睫毛《まつげ》を瞬《またた》かせ、恵那は暫《しば》しぽかんとしていた。

「私、女神になれるの?」

平凡な人間だった自分が神様になるなんて、想像すらしたことがなかった。

乱れた己の白髪《はくはつ》を耳の後ろへ流し、扶人は当然だと笑う。

「我が神名を授けるだけで、お前はいつでも女神になれるぞ」

「で、でも……神様になったら、特別な使命とか与えられるんじゃないの? 土地神になったり、諸国を旅して善を施すとか」

「お前はただ、我の側におればよい。それだけで我の心は安らぎ、国の安寧《あんねい》にも繫《つな》がる」

「だ、だけど……っ」

おろおろと目線を泳がせていると、顎《あご》に手が添《そ》えられた。

顔を上向《うわむ》かされ、凪《な》ぎの湖面を思わせる双眸《そうぼう》に惹《ひ》き込まれる。我知らず押し黙ると、扶人から柔らかく微笑まれた。

「我と共に、悠久《ゆうきゅう》の時を生きてはくれまいか?」

その一言が、恵那の心底に根を張っていた不安を打ち砕く。

種族の違いは超えられないと、心のどこかで扶人に対する気持ちを諦めていた。けれど、彼と同じ神になれば、同じ時を生きることができるのだ。

――愛する人と、最期《さいご》まで添《そ》い遂《と》げることができる。

想い人を残して逝《い》く不安が消えたら、もう迷うことなどできなかった。

「あなたと一緒に生きられるなら、私は何にだってなる。扶人の側にいられるのなら、どんな生活でも、きっと幸せだから――私を、あなただけの女神にして」

「お前は、愛《う》いことを言うな」

恵那の前髪を掻き上げ、滑らかな額に扶人は口づけを落とす。

「我が司《つかさど》りし桜は、お前の象徴でもある。故に、桜を冠した〝桜花朔神《おうかさくがみ》〟の神名を、お前に授《さず》けよう」

桜花朔神――。

扶人が自分のために考えてくれた、美しい響きの名前だ。

果てしない感動から胸が熱くなると同時に、底知れない力が芽生えるのを感じた。

――これが、女神としての力。

「私、ずっとあなたの側にいてもいいの？」

半信半疑で恵那が問うと、扶人は涼しげな目元を和《なご》ませて笑う。

「お前はもはや、我だけの愛おしい女神だ。一生涯愛してやるから覚悟しろ」

「……嬉しい」

今夜の自分は泣き虫だ。

けれど、幸せに包まれて零す涙は嫌じゃない。

「愛しておるぞ、恵那。この国に生きる誰よりも、我はお前の幸福を祈ろう」

今宵、幾度目かも分からぬ口づけに頭の芯《しん》が痺《しび》れる。

扶人の首に腕を絡《から》めた恵那は、「それじゃあ……」と花咲くように微笑む。

「私はこの世に生きる誰よりも、あなたの幸福を祈るわ」

次の瞬間、恵那の想いが弾けたように白い桜吹雪が降り出す。

紅と白の花弁が交わるように舞う中、密やかに交わされた口づけは、今までで一番甘い熱を宿していた。

終章

永遠を誓う愛

恵那《えな》が女神《めがみ》になった夜から、すでに三日が経とうとしていた。

「……鬱陶《うっとう》しい奴らだ。いい加減頭を上げろ」

御殿《ごてん》の最奥《さいおう》に位置する扶人《ふひと》の自室には、重苦しい空気が漂っている。

雅《みやび》やかな骨董品で飾られた室内のど真ん中で、土下座をしたまま動かない人間が二人もいるのだ。所用で恵那が席を外しているせいもあり、扶人の苛立《いらだ》ちは増すばかりだった。

「篤巳神《あつみがみ》様は、此度《こたび》の処分は扶人殿の御裁量であると仰《おっしゃ》りました」

先ほどから土下座をし続けているのは、伊之助《いのすけ》とカンナだ。

そんな二人に辟易《へきえき》する扶人を、壁際に控えた俊太郎《しゅんたろう》と飛鳥《あすか》は黙って見守っていた。

「己《おのれ》の欲に目が眩《くら》んだ私は、扶人殿や恵那さんだけでなく、この国まで重大な危機に晒《さら》したのです。極刑に処せられることは、覚悟しておりましたが……」

「扶人殿の御配慮のお陰で、伊之助は生きながらえることができました。こんな大馬鹿者ですが、ウチにとっては掛け替えのない人です。——本当に、ありがとうございました」

この口上を聞くのも、果たして何度目だろうか。感謝の言葉だけでも、軽く三十回は聞いた気がする。

脇息《きょうそく》に頬杖をついた扶人は、やさぐれた半眼《はんがん》で嘆息《たんそく》した。

「勘違いするな。我は、お前たちの罪を許して減刑したわけではない」

恵那を連れ去り、彼女が命を落とす原因を作り出したのだ。本当なら、定め通りの罰を下してやりたかった。

けれど、愛する娘の気持ちを配慮して思い留まったのだ。

「感謝をするなら恵那にしろ。我が減刑を命じたのは、あいつの悲しむ姿を見たくなかったからだ」

愚《おろ》かなまでに心優しい彼女のことだ。自分を騙《だま》した伊之助のことも、すでに許してしまっているだろう。カンナが元の姿に戻ったことも、本心から祝福していた。

それなのに、伊之助を死罪に処せばどうなることか――。

おそらく恵那は、涙が枯れるまで悲しみ抜くだろう。何も悪くない自分を責め、一生消えない傷を心に刻んでしまう。

(あいつの心に刻まれてよいのは、我の存在だけだ)

他の男のために流す涙など、見たくはない。

このようなことを言えば、「独占欲の塊《かたまり》」と笑われるだろう。だが、事実なのだから仕方がない。何せ自分は、恵那のすべてを独占したいと本気で望んでいるのだから。

「修祓業《しゆばつぎよう》に励み、多くの報《むく》われぬ魂《たましい》を救済するという名目で、前線に復帰までさせてやったのだ。これからは、愛した女を泣かせるような愚行は犯すでないぞ」

「扶人殿……っ」

「恵那が笑って見守れるような人生を、二人で歩んで見せろ。それがあいつへの、一番の罪滅ぼしとなるだろう」

神は常に、平等であらねばならない。

けれど、愛《いと》おしい娘のことになると、国一番の神とてただの男になる。

徒人《ただびと》と同様に、神にも想いを感じる心がある。感情を持つ存在なればこそ、「特別」が生まれるのは当然だ。

「いの先生、カンナさん。気持ちは分かりますが、その辺にしておいた方が良いですよ」

苦笑交じりに口を挟んだのは、俊太郎だった。

廊下から近づいてくる、複数の賑《にぎ》やかな足音。もうすぐ家主の愛し子が、この部屋にやってくる証拠だ。

「俊ちゃーん、すっごいいんだよぉ！」

スパーンと綺麗《きれい》に障子《しようじ》が開かれ、廊下から夏葉《なつは》が飛び込んでくる。

頬を真っ赤に染《そ》め、興奮した様子で足踏みをしている彼に、俊太郎は眉間《みけん》を押さえた。

「夏葉、扶人様のお部屋だぞ。少しは行儀よくしろ」

「そんなことより、本当にすっごいんだってば！　恵那ちゃんがピカーッてしたら、綾《あや》先生が白い桜吹雪《さくらふぶき》にぶわーっと包まれて、それでズバーンと奇跡が起きたんだよ！」

「……悪い。何を言ってるのか、さっぱり分からん」

身振り手振りを交えての力説は、抽象的すぎて理解不能だ。

子犬のようにはしゃぐ夏葉に、伊之助とカンナもようやく頭を上げる。扶人の眉間など、夏葉が登場しただけで皺《しわ》が三割増しになった。

苛立った神経を逆撫《さかな》でされ、叱《しか》りつけようと口を開きかけた扶人は――廊下から聞こえる衣《きぬ》擦《ず》れの音に、はたと思い留まる。開け放たれたままの障子を見遣《みや》ると、その向こうに、満面の笑《え》みを湛《たた》えた恵那が現れた。

彼女の笑顔を見ているだけで、荒ぶる気持ちがスッと凪《な》ぐ。

（我も、人のことは言えんな……）

恵那も単純だが、自分も大概《たいがい》単純なようだ。彼女が側《そば》にいる。たったそれだけで、こんなにも心が休まるなんて――。

微笑《ほほえ》みを我慢することが難しいことを、扶人は初めて知った。

「扶人、私ってちゃんと女神様になれたのね！」

本日も、女官によって優美に着飾られた恵那は、夏葉に負けず劣らず興奮していた。

彼女が手を引いているのは、足が不自由であるはずの綾だ。しかし、今の彼女は杖《つえ》に頼ることなく、確かな足取りで歩いていた。

「綾先生、歩けるようになったんですか⁉」

自力で歩く綾の姿に、さしもの俊太郎も驚きの声を上げる。伊之助とカンナも、呆気に取られた表情で彼女を見ていた。

一同から注目された綾は、微《かす》かに頬を赤らめ——蕾《つぼみ》が綻《ほころ》ぶように微笑んだ。

「あれだけ不自由だった足が、今は羽根のように軽い。まるで夢でも見ているようだ」

「治ったのは、足だけじゃありませんよ」

小走りで部屋の奥に向かった恵那は、高価そうな鏡を持って戻ってきた。

磨《みが》き抜かれた鏡面を、綾の前へ掲げる。そこに映る笑顔の自分を認め、彼女は大きく目を見開いた。

「……私、笑えているのか？」

自らの頬に触れる綾は、独り言のように呟《つぶや》く。

女神になったことで、恵那は奇跡的な癒《いや》しの力を開花させた。これなら、綾の身体《からだ》を治せるかもしれない。そんな僅《わず》かな希望に縋《すが》り、試してみたところ見事に大成功した。

食い入るように鏡を見つめる恩師に、恵那は会心の笑みを浮かべる。

「綾先生の笑顔、初めて見たけどとっても素敵ですね」

「恵那……」

「お別れする前に、これまでの恩返しができて良かったです。綾先生には、沢山《たくさん》お世話になりましたから」

扶人と一緒に生きると決めたのは、他でもない自分自身だ。

女神となった恵那は、祥泉堂《しょうせんどう》で修祓師の修行を続けることはできない。それは、仲間たちとの別れを意味していた。

どこか寂《さび》しそうな恵那に、綾は笑顔で頭を振る。

「私の方こそ色々と助けられた。祥泉堂に戻ったとしても、お前のことは終生忘れない。私の大事な生徒であり、一生の恩人として誇りに思うぞ」

「ボクも祥泉堂に戻るけど、いつか総社《そうじゃ》に籍《せき》を移せるくらい出世するからね！　そしたら、こっそり忍び込んで会いにくるからさ」

あっけらかんとそう言った夏葉に、恵那は噴《ふ》き出す。

正面から会いにこないところが、いかにも夏葉らしい。仲間なのだから、忍び込む必要なんてないのに。

「不法侵入で捕まっても、私は知らないわよ？」

「大丈夫。万が一捕まっても、縄抜けして逃げ出すから。――でもさぁ、俊ちゃんはズルいよね。扶人に謁見《えっけん》を申し込むだけで、いつでも恵那ちゃんに会えるんだからさ」

夏葉から羨望《せんぼう》の眼差《まなざ》しを送られ、俊太郎はがっくりと項垂《うなだ》れる。

「お前なぁ……謁見を申し込むだけでも、一苦労だって知ってるか？　仕事は山ほどあるし、謁見にだってそれ相応の理由が必要なんだ。単に会いたいからって、会いに来られるほど簡単じゃないんだよ」

「えっ、そうなの⁉」

俊太郎の言葉に叫んだのは、夏葉ではなく恵那だった。

それまで嬉しそうに笑っていた顔が、雨に打たれる子犬のようにしょんぼりと歪《ゆが》む。

「同じ都に暮らしてるんだから、偶《たま》には会えるかと思ってたのに……」

「ならば、お前が呼び出せばよかろう」

おもむろに立ち上がった扶人は、鏡を持って肩を落とす恵那に歩み寄る。

恵那がぽかんと顔を見返すと、扶人はニヤリと笑う。二人きりの時に見せるものとは違う、何かを企《たくら》むあくどい笑みだ。

「国守りの神の〝妻〟になれば、将軍を呼び出すことなど造作もないぞ」

「つ、妻……⁉」

「女官や神官からは、〝奥方様〟と呼ばれておるのだ。蛍雪《けいせつ》が情報を漏らしたのか、十三神の連中からも『式はまだか』としつこく文《ふみ》が届いてな。奴らの期待に応えるためにも、我としては、さっさと祝言《しゆうげん》を挙げたいのだが——どうだ？」

どうだと聞かれても、いきなりどうしたと聞き返したい。

顔を真っ赤にした恵那は、目を白黒させる。想いが通じただけで幸せだ。「奥方様」と呼ばれることも、照れくさかったが嬉しかった。

（でも、こんなに早く結婚の話が出るなんて……）

いくらなんでも、早すぎやしないだろうか？

茹《ゆ》だったタコのような顔色で、恵那は半《なか》ば魂を飛ばしてしまう。代わりに、喜色満面《きしよくまんめん》で賛成したのは、それまで黙っていた飛鳥だった。

「扶人様の御結婚でしたら、国を上げて盛大に執《と》り行《おこな》いましょう！　きっと、国民も祝福してくださいますよ」

「うえぇっ!?　恵那ちゃんと扶人、結婚するの？　いつ？　どこで？　ボクも式に呼んでくれるよね？」

がくがくと夏葉から揺さぶられるが、恵那は相変わらず放心している。

「上様。ここは将軍家と総社が手を取り合って、式を取り仕切らねばなりませんよ！」

「そうだな。妹分の晴れ舞台に華を添《そ》えるのも、面白そうだ」

張り切る飛鳥に苦笑しながらも、俊太郎までその気になってしまった。

日取りは占術で決めよう。白無垢《しろむく》と紋付きは、最高級品を――と、本人そっちのけで話は進み、媒酌人《ばいしやくにん》の選定まで始まる。

将軍と副将軍を中心に、夏葉まで交じって祝言の段取りは固まっていく。綾も楽しそうに笑いながら、「化粧なら私に任せてくれ」と名乗りを上げている。伊之助とカンナも顔を見合わせ、ようやく笑顔を見せた。

「み、みんな他人事《ひとごと》だと思って……」

本人が了承したわけでもないのに、式の予定を立てるなんて。――でも、そこが祥泉堂の面《めん》子《つ》らしくて、憎めないから困る。

「我と祝言を挙げるのは、嫌か？」

わいわい騒いでいる仲間たちを尻目に、扶人は背後から恵那を抱き竦《すく》める。耳元で響いた甘い声に、恵那の頬が更に赤く染まった。肩越しに扶人を睨《にら》みつけ、彼女は膨《ふく》れっ面で抗議する。

「……あなたは、周りに急《せ》かされるから私と式を上げるの？」

女の子にとって、結婚は新たな人生の始まりである。結婚式は人生最大の行事であり、白無垢は一生の憧れだ。

扶人となら、今すぐにでも結婚したい。

けれど、こんな成り行きに任せた祝言なら、相手が扶人でも願い下げだ。

「お前はまだ、我のことが分かっておらんのだな」

一房掬《すく》い上げた髪に口づけを落とし、扶人はふっと目元を和《なご》ませた。

「我は、他者に指図《さしず》されることは好まぬ。お前を愛しているからこそ、一刻でも早く妻にしたいのだ」

「……本当に？」

「愛おしいお前に、嘘などつきはせん。嘘がつけぬほど、真実愛しておるのだから」

お互いの顔が見えるように向かい合い、扶人は柔らかく微笑んで問う。

「恵那、我の妻になってくれるか？」

真摯《しんし》な眼差しが、胸を射抜く。あの傍若無人《ぼうじゃくぶじん》だった神様が、有無を言わさず命令をするのではなく、自分の意思を尊重してくれた。

愛する人にここまでさせて、断る事などできようものか。

「不束者《ふつつかもの》ですが、よろしくお願いします」

初々しく目元に朱《しゅ》を散らし、恵那は小さく頭を下げる。

次の瞬間、扶人から腰を引き寄せられた。桜の香りがする胸に抱き込まれ、心地良い温《ぬく》もりに自然と笑みが零《こぼ》れる。

死して尚《なお》、来世でも愛したいと願ったのは国一番の神様で——そんな彼の愛情を一身に受ける自分は、きっと国一番の幸せ者だ。

（あぁ、この人を好きになって良かった）

空に浮かぶ雲のように、自由気ままな扶人にずっと憧れていた。

自分が手を伸ばし、彼からも手が伸ばされ、ようやく二人は手を繋《つな》ぐことができた。固く結ばれたこの手は、これから先も離れることはないだろう。

悠久の恋桜《こいざくら》は、花開いたばかりなのだから――。

悠久の恋桜咲く！　終

あとがき

初めましての方も、そうでない方もこんにちは。小柴叶《こしばかなう》です！

早いもので、新米修祓師退魔録《しんまいしゅばつしたいまろく》も最終巻ですね。猪突猛進な恵那《えな》に引っ張られ、あっという間にゴールまで辿り着いた気がします。

ここからは、作者のちょっとしたお喋りにお付き合いくださいませ。


蒼穹《そうきゅう》に桜が舞う季節に出会った、恵那と扶人《ふひと》。緋《あけ》の空《そら》が燃える夏を越え――物語は、秋の終わりから始まります。

いやぁ、今回はこれまでに増して登場人物が多い！　祥泉堂《しょうせんどう》オールスターズに加え、千咲を含む過去からのキャラクターに、その他ｅｔｃ……。改めて思い返すと、本当に多いですね。「大盛り」を上回る、「特盛り」って感じでしょうか？

しかも、全員が勝手に動こうとするものだから手に負えません。執筆中、しつこく「出番ちょうだい～！」と強請《ねだ》られ続けた挙句、本作では色んな人物が大暴れしています。

ええ、「活躍」ではありません。「大暴れ」です。これまで日陰の存在で、ようやくスポットライトが当たったキャラクター達ほど、ここぞとばかりにはっちゃけております。自己主張の激しい登場人物に振り回され、大変なことは一杯ありました。けれど、彼らと触れ合う時間は楽しくて、これでお別れかと思うと寂しいです。

ここで、祥泉堂の面子《メンツ》に一言ずつコメントしたいと思います。卒業式の後に行われる、担任教師からの「贈る言葉」的なやつですね。

まずは、ムードメーカーな夏葉《なつは》。

彼はシリアスな場面や、話が進まなくなった時の救世主でした。どんな展開でも、夏葉が率先して突破口を開いてくれるので、一番書きやすかったです。

色々あったけど、彼には立派な修祓師になってもらいたいです。間違っても、途中で忍者に転身しないことを願います（笑）。

時々は里帰りして、焔神《ほむらがみ》に目一杯親孝行をしてあげて欲しいです。

次は、俊《しゅん》ちゃんですね。

将軍様に大出世してからも、彼は祥泉堂の頼れるおかんです。どんな時でも仲間想いで、自力で困難へ立ち向かって行く――彼こそ、ヒーローに一番近い存在かもしれませんね。

これからは飛鳥と一緒に、素晴らしい国を作って欲しいものです。勿論《もちろん》、お世継《よつ》ぎを残すとも、将軍様の立派なお仕事ですからね。良い奥さんを見つけることを、陰ながら応援することにします。


綾《あや》先生は、私と結婚して下さ――……おっと、口が滑ってうっかり本音が。今の失言で、皆さん理解できたでしょう。私の綾先生に対する情熱が！

最初は、「祥泉堂に同性がいないと、恵那が可哀想だなぁ」という理由から、何となく登場させたキャラクターでした。しかし、最終的には作者を骨抜きにするまでの、お気に入りになりました。

今後もどうか、お幸せに！


いの先生は……良くも悪くも、最初から最後まで私を振り回してくれました。私も苦労したけど、いの先生も同じ思いをしたと思います。

涼しい顔で笑っていますが、彼にこそ「大暴れ大賞」を贈呈したいです。どう大暴れしたのかは――是非とも、本編で！

ちなみに、白猫のカンナにはモデルがいます。我が家で飼っていた猫で、全身真っ白だから名前は「シロ」。単純な名付けですね。そのシロは一代目で、数年前にふらりと旅に出て行方知れず。現在、我が家には二代目のシロがいるのですが、彼女は見事な三毛猫です。

……三毛猫なのに、何でシロって名前にしたんだろう？　謎です。


そして、本作のヒロインである恵那。

もはや彼女は、「歩く波瀾万丈《はらんばんじょう》」ですね。特に本作では、今まで以上にとんでもない事態に直面しておりますが——踏まれてもへこたれない彼女の精神には、本気で憧れます。ビバ、雑《ざっ》草根性《そうこんじょう》！　さすがは、超絶俺様な扶人を御《ぎょ》すだけはあります。

恵那の場合は、破滅的な料理の腕が改善されたことに、私はこの物語で最大の奇跡を感じました。これで扶人も、胃薬いらずになりそうですね。

負けん気の強い、じゃじゃ馬娘のことです。これからも一直線に、世のため人のために生きてゆくことでしょう。いつまでも、扶人を引きずって突っ走れ！


最後は、祥泉堂の新参者な扶人ですね。彼を忘れては天罰が下ります。

傲慢《ごうまん》な上に戦えなくて、ヒロインに守られ続けた神様ですが——こうして設定だけ見ると、あれ、恵那よりもヒロインっぽい？　それでも、長生きで経験豊富な神様ですからね。精神面では、恵那をどっしりと支えてくれるはず。

俺様ヒーローは初めて書いたのですが、彼の心情を掴《つか》むのにどれほど苦労したことか！　偉そうで、古風な言い回しにも気を使いましたが——それでも、手が掛かった子ほど可愛いものですね。私の中で、忘れられないキャラクターの一人になりそうです。

目指せ、亭主関白！　かかあ天下《でんか》に負けるなよ（笑）

さて、これでキャラクターとのお別れも済みました。ページ数がたっぷりあったので、じっくりと語れて満足です。

しかし！　この物語は、もう少しだけ続いているんですよね。

どういうことかと言いますと、乙女のための最強携帯サイト、【ぽけっとB's-LOG】にて短編小説が配信予定なんです。一本目は、この文庫が発売される六月十五日配信。もう一本は、七月一日に配信されるそうですよ！　配信されるどちらの短編も、本作後の物語です。恵那と扶人が、どんな未来を生きているのか——少しでも気になったら、是非とも読んでみて下さい。


では、この辺でお世話になった方々へお礼を。

まずは、担当編集様。握力を鍛《きた》えるニギニギ、ありがとうございました！　可愛い蜂《はち》の形で、お尻のとんがりでつぼ押しもできるとは、なんて素晴らしいのでしょう。弱った握力が回復して、肩コリも改善しました。作品だけでなく体調まで気にかけて頂いて、私は本当に幸せ者です。毎度、ありがとうございます！

次に、作品を華々しく彩って下さった石川沙絵《いしかわさえ》先生。石川先生の描く、祥泉堂の面々が見られなくなると思うと、寂しさと切なさで胸が捻《ね》じ切れそうです。この作品を、石川先生と作り上げたことは一生忘れません。本当に、ありがとうございました！

この本の制作に携《たずさ》わった多くの方々と、私を支えてくれる家族や友人達にも、心からの感謝を捧げます。

そして、この本を手に取って下さった読者様。皆さんのお陰で、私はこうして作品を書き続けることができます。感謝するのは当然ですが、最後まで物語を楽しんで頂けることを、心の底から願っております。

それでは、また別の物語でお会いできることを楽しみにしています。
どこまでも続く蒼穹に、皆々様の幸せを祈りつつ――。

小柴　叶拝

こんにちは。イラストを担当させて
頂いた石川沙絵(いしかわ さえ)です。

これで恵那たちとお別れと思うと
本当に寂しくて仕方がありません。

素敵なお話を書いてくださる小柴先生、
幾度となくご迷惑をおかけした担当さま、
邪魔しつつも癒してくれる友達、
そして…最後になりましたが、読者の皆さま。

このお話のイラストを担当させていただき
とっても、嬉しかったです！
本当に色々とありがとうございました！

どこかでお会いできるのを
祈りつつ感謝の気持ちをこめて…

2010.05 石川沙絵

笑顔の綾先生はとある方へ…
描いていてとっても楽しかったです！

■ご意見、ご感想をお寄せください。
《ファンレターの宛て先》
〒102-8431 東京都千代田区三番町6-1
株式会社エンターブレイン
B's-LOG文庫編集部
小柴 叶　先生・石川 沙絵　先生

B's-LOG BUNKO
B's-LOG 文庫

■本書の内容・不良交換についてのお問い合わせ。
エンターブレインカスタマーサポート：0570-060-555
（受付時間 土日祝日を除く 12:00〜17:00）
メールアドレス：support@ml.enterbrain.co.jp

こ-3-06

悠《ゆう》久《きゅう》の恋《こい》桜《ざくら》咲《さ》く！
〜新《しん》米《まい》修《しゅ》祓《ばつ》師《し》退《たい》魔《ま》録《ろく》〜

小《こ》柴《しば》 叶《かなう》

2010年6月25日 初刷発行

発行人　浜村弘一
編集人　森 好正
編集長　森 好正
発行所　株式会社エンターブレイン
〒102-8431 東京都千代田区三番町 6-1
（代表）0570-060-555
発売元　株式会社角川グループパブリッシング
〒102-8177 東京都千代田区富士見 2-13-3
編集　B's-LOG 文庫編集部
デザイン　行成公江（SUMMIT）
印刷所　凸版印刷株式会社

ISBN978-4-04-726594-3

紅蓮の翼
宿命の少女は、
燃える翼で世界を救う!
恋と成長の幻想浪漫。
第10回えんため大賞
ガールズノベルズ部門
佳作受賞作品
小柴叶《こしばかなう》
イラスト／楢咲コウジ
大好評発売中!
〜暁を招く神鳥〜
〜愛を誘《いざな》う白薔薇の王子〜
〜夜明けを告げる祝祭の歌〜
天界で暮らしていた神鳥の娘・カナイは、大国セレシェイアに「神降ろし」され、魔物と命がけで戦うことを強いられる。幼いカナイは自らの使命を激しく拒むが、美しき先代の男性神鳥・イナミに「戦えない神鳥など必要ない」と罵倒され——!?
B's-LOG BUNKO

第12回
えんため大賞
ガールズ
ノベルズ部門
奨励賞
受賞
編集部一同大・絶・賛!
こんな吸血鬼見たことない!!
Bride's vampire
花嫁のヴァンパイア
～月光城の偏食当主～
甲斐田紫乃《かいだしの》
イラスト／大石なつき
「100年に一度、月光城の主たる吸血鬼に花嫁を差し出すこと」——大昔、ユーニ村と月光城の吸血鬼の間で結ばれたとんでもない盟約。そして運悪く「花嫁」に選ばれてしまったのは、勝気な少女・アデル。ところが、彼女の前に現れたのは超ヘタレの泣き虫吸血鬼・アハロンで——!?
B's-LOG BUNKO